塞上行吟

魏康宁 著

黄河出版传媒集团
阳光出版社

图书在版编目（CIP）数据

塞上行吟 / 魏康宁著. -- 银川：阳光出版社,
2022.9
ISBN 978-7-5525-6550-8

Ⅰ. ①塞… Ⅱ. ①魏… Ⅲ. ①诗集－中国－当代
Ⅳ. ①I227

中国版本图书馆CIP数据核字(2022)第189008号

塞上行吟　　魏康宁 著

责任编辑　谢　瑞　王　瑞
封面设计　耿中声
责任印制　岳建宁

黄河出版传媒集团
阳　光　出　版　社　出版发行

出 版 人　薛文斌
地　　址　宁夏银川市北京东路139号出版大厦（750001）
网　　址　http：//www.ygchbs.com
网上书店　http：//shop129132959.taobao.com
电子信箱　yangguangchubanshe@163.com
邮购电话　0951-5047283
经　　销　全国新华书店
印刷装订　宁夏凤鸣彩印广告有限公司
印刷委托书号　（宁）0024646

开　　本　880 mm × 1230 mm　1/32
印　　张　8.5
字　　数　100千字
版　　次　2022年11月第1版
印　　次　2022年11月第1次印刷
书　　号　ISBN 978-7-5525-6550-8
定　　价　68.00元

塞上行吟处　四时皆春光

——魏康宁诗词集《塞上行吟》序

张　嵩

一本厚厚的诗词集清样放在了我的案头，它还散发着淡淡的墨香，这本书稿就是宁夏诗词学会现任会长魏康宁先生的诗词集《塞上行吟》。

我仔细地翻阅着每一个页面，认真地阅读着每一首诗词，也在久久地思考，但又不知从何处下笔。我是犹豫的，因为作者是一位在宁夏有着一定影响的人。他丰厚的生活阅历、深邃的人生认知、饱含着朴素哲思的每一首诗作，都使我感觉仅仅通过较短时间的阅读，还是不能够很好的理解、消化，仍然需要慢慢咀嚼、回味。时间飞逝，从初秋到严冬，我又一次拿起书稿，读之再三，尽管不是考虑得很成熟，但还是写下了一些粗浅的感受和心得，希望与作者和读者诸君交流。

魏康宁先生出生于渭河之滨的古都咸阳，是沐浴着汉唐之风成长起来的老一辈知识分子，自幼耳濡目染，深受传统文化熏陶，根之所系，文脉自然十分厚重。他在《读写咸阳的诗词有感》中写道："秦都历史数千年，骚客文人诗涌泉。渭水东奔无日夜，咸阳经典永流传。"这首诗正是关中大地这一深厚历史文化的真实写照。二十世纪七十年代，魏康宁先生大学毕业，被分配到宁夏工作，五十多年间，他的足迹遍布宁夏这片热土。他不仅熟悉这里的人文环境、地理风貌、民俗世情，更亲身经历了宁夏山川半个多世纪以来所发生的翻天覆地的变化。他看在眼里，思在心上，最终用他手中的生花妙笔，以诗的语言记录下了这一切。耳闻目睹，亲历亲见，诗笔行经之处，留下无限景致，朴实无华之间，蕴藏多少情怀。我想这也是他的诗词集书名《塞上行吟》的由来。

魏康宁先生在诗词创作上经历了一个启蒙、发轫、成熟的过程，前期创作的诗词数量不是很多但仍处于内心的一个酝酿期，而近十年以来，厚积薄发，井喷而出，作品数量达到千余首，其中的精品佳作更是不胜枚举，这正好印证了他丰富的经历和见识。可以说，诗词就是他人生充实而又生动的精神生活积淀。魏康宁先生在他众多的诗词作品中精挑细选，按时间分类，几经删改，才最后定稿，这也体现了他一贯严谨细致的作风。

《塞上行吟》共分为四辑：第一辑古风拂塞上，写作年代是 2003 年到 2008 年；第二辑雅韵抒情怀，写作年代是 2009 年到 2014 年；第三辑诗咏凤凰城，写作年代是 2015 年到 2017 年；第四辑放歌新天府，写作年代是 2018 年到 2020 年。四个小辑的创作时间历时二十年，大约收有诗词作品四百余首。

"古风拂塞上"：责任担当皆题材，职业情操入诗来。

魏康宁先生正式进行诗词创作的时间应该是从 2003 年开始的，这一时期他创作了多首作品，其中《镇北堡西部影城》和《民族大联欢》分别在同年 5 月和 9 月的《宁夏日报》上刊出，起点较高。他这时候的诗作主要是古风体。古风是自由体诗，不受格律的严格限制，能够更好地抒发作者的思想感情。自古以来，许多优秀的诗人都创作过数量繁多的古风，产生过很大影响。由于魏康宁先生长期在纪检监察机关工作，他的许多诗作都以反腐倡廉、警示教育、赞美英模为主要内容。这些诗作既是对周围熟悉事物和环境的描述，又是对纪检监察这一神圣使命的赞美，可谓一份责任、一份自豪，两者并重。“忠诚卫士聚京城，灿烂群星天映红。一片赤心永向党，两肩似铁挑公平。倡廉治腐筑防线，百姓安危记心中。共建和谐多奉献，振兴华夏五洲同。”（《赞纪检监察群英》）这是一首为纪检监察干部画像的诗：赤心永向党，两肩挑公平；治腐筑防线，百姓记心中。曾几何时，腐败高发，纪检监察机关秉承党的意志，不辱使命，重手出击，有力地惩治了腐败，为营造风清气正的社会风气作出了不可磨灭的贡献。诗人以诗的形式对“忠诚卫士”进行了歌颂，真情流露，自然亲切，所思所感都在诗中，读过之后，感佩之情油然而生。在《宁夏实行公车标识有感》中，诗人写道：“公车本姓公，管理不能松。标识车前挂，督查群众中。公私两本账，时刻要分清。自律促他律，廉洁正气升。”既有警示作用，也起到了宣传效应，言简意深，通俗易懂，诗的社会功用得到了充分体现。

这类题材的作品还有许多，如《重读〈甲申三百年祭〉随感》《读自治区领导廉政承诺有感》《学习中央纪委八条规定有感》等。这些诗作看似与工作密切相连，实则与每一个人都息息相关，因为反腐是全社会的事。魏康宁先生的这些诗作，其实就是廉政知识的宣传教育，读之既能使人深受启发，也能从中看到诗人对纪检监察工作丰富的思想感情和寄予的无限期望，拳拳之心，由此可见。一般来说，这类题材给人的印象不仅枯燥，而且很难把握尺度，但在魏康宁先生的笔下，把看似生硬的字眼写得活泛灵动了，把难以驾驭的内容也描绘得生动有味了，令人不能不赞叹。要想熠熠生辉，必然动之以情；要想风生水起，必定驾轻就熟。魏康宁先生做到了，不仅题材立意高远，而且思想性很强；从体裁上看，有五言、七言、歌行以及组诗、对联，等等，形式多样，内容丰富，无疑也增加了作品的多样性和艺术性。

“雅韵抒情怀”：社会关注是热点，笔下流韵看发展。

关注社会发展，关切民生变化，关心家乡建设，是一个诗人应有的社会责任。魏康宁先生在宁夏工作生活了五十多个春秋，对这片土地怀有深厚的感情，塞上大地是他的第二故乡，他挚爱着这片土地，这里所发生的哪怕是一些细微的变化，他都会感到由衷的喜悦。“铁塔矗宁东，摩天抵九层。科学生智慧，煤炭变烯烃。”（《宁东煤化工》）宁东化工基地的建设，是宁夏现代化工业高质量发展的一个缩影。诗人以形象化的语言对宁东的建设成就给予了赞美：铁塔千尺，高耸入云；科学研发，煤变烯烃。简洁明了的二十个字，让我们产生了无穷的想象，想象之中看到的更是希望，因为工业的带动终使宁夏的发展进入了快车道。“茫茫大漠边，座座温棚连。室外黄沙地，棚中别样天。番茄红似火，瓜果赛糖甜。盛世人为本，扶贫岂止钱。”（《千座沙漠温棚》）沙漠温棚，瓜果香甜。现代设施农业不仅改变了环境，利用了沙土，还为农民脱贫致富插上了科学的翅膀。千座温棚展现在人们面前，是何等地壮观，诗人以轻快的语言为我们勾勒出了一幅盛世人为本、必定能胜天的壮美图卷。“山川勤动土，阡陌嫩芽发。塞上多栽树，首都少落沙。城乡披锦绣，屏障护京华。绿野铺千里，鲜花靓万家。”（《宁夏植树谣》）植树造林，遮挡风沙，保护生态，护卫京华，经过多年的努力，宁夏已经迎来了蓝天净土，放眼之处皆是绿水青山，真正实现了诗人所期盼的绿野千里的锦绣画面。言为心声，随着魏康宁先生的诗作一路走来，我们看到的不单单是优美的风景，而是风景后面所发生的深刻变化，变化承载着宁夏人民付出的辛勤劳作与汗水。从广义上理解，诗人的这些诗作就是为劳动者所抒写的。

我以上举例的几首诗只是这一小辑中一个方面的主题，并不能代表它的全部思想内容。这一小辑中所包含的诗作题材也很宽泛，诗人视野所及，尽皆入诗，有宁夏山川变革的描绘，有国内重大时事的记载，有国际热点事件的评判，还有一些关于亲情、友情的抒怀之作，视野画面呈多层次多角度展开，令人目不暇接。诗人对各种各样事物和事件的关注度、信息量、评判力都使人钦佩，这与他平时养成的良好的学习和善于思考的习惯密不可分。所谓工夫在诗外，由此便可以得到例证。在这一小辑中收录的作品中，古风明显减少，而格律诗占了较大篇幅，且平仄运用自如，字词对仗工整，审美标准又上了一个层次，这是魏康宁先生诗词创作迈向成熟的一个重要标志。

“诗咏凤凰城”：凤城风光满眼春，一花一木自可亲。

诗词创作是诗人心灵广度的产物，而不是局限于一时一隅。超越地域，交错时空，这是诗人驾驭精神世界的本领，下笔之处，行云流水，真情四溅，意象奔泗。在诗人笔下，他的第二故乡凤城有抒写不完的美景；在诗人心中，养育了他的咸阳毕原，更有一份剪不断、理还乱的乡愁亲情，这些都在他的诗中得到了很好的体现。他在《唐徕渠畔夏夜》写道：“夜幕落渠边，晚霞染九天。歌声随乐起，舞步伴歌翩。健步千姿美，习拳百样欢。微风拂笑脸，悦动爽心间。”塞上江南得益于黄河的自流灌溉，而千年古渠唐徕渠更像是宁夏人民心目中的一条精神血脉，她滋生着文化，浇灌着人气，延续着生命。人们欢愉的心情以及祥和的生活场景，我们在《唐徕渠畔夏夜》一诗中就能够感受得到，诗笔所触，一幅欢快的画景便徐徐展开，愉悦之情流溢于纸上而意不能禁。“深港亲人到凤城，春风满面笑盈盈。轻声问候心头暖，可口香茶情意浓。烧烤全羊席上摆，鲜汤面片碗中盛。鱼头美味舌尖品，共庆金秋塞上行。”（《沙湖宴》）招待远方的亲人，自然是美味佳肴。一盏茶品飘香，一尊烧烤全羊，佐以特色鱼头和面片鲜汤，宁夏美食的色香味尽显其中。一次宴飨、几分自豪，不难看出，这是自视为宁夏人的诗人的自豪。再看他写咸阳的诗作，更多的是怀想、追念、感思、寄情。“母校在吾心，东风浴我身。初识国外字，难忘卷舌音。稚嫩习书信，北方觅远亲。园丁流汗水，牢记到如今。”（《忆五十六年前上叶老师俄语课》）忆及母校事，难忘在心中。老师教授外语，学生刻苦学习的场面栩栩如生。虽然学习是一桩苦差事，但快乐莫过于天真活泼的少年时代，时光虽逝，但老师辛勤的汗水依然飘洒在学生的记忆里。追忆如风，轻轻拂过时光中的母校，也许还有一丝不易察觉的惆怅侵染在其中，生出无限遐思。往事愈久远，念及情更浓。“爱侣水边依，柔情目内期。世间存万物，翠柳亦相惜。”（《咸阳情侣柳》）这是一首蕴含深意的短诗，看似写情侣柳，实则寄托了诗人对家乡的思恋、相依，托物言志，道出了“世间存万物，翠柳亦相惜”的无限感慨。

当然，我所举例、截取的只是一个片段或一个侧面，并不能尽其全貌。我判断，魏康宁先生在划分小辑的时候更多的是考虑写作的年代，内容倒在其次，若要详细地评判，反而觉得不顺。这一小辑中的诗作，诗风稳健，诗情饱满，颇显气度和深情，始终传递的是正能量，高扬的是主旋律，表露的是真情感，如《咏社会主义核心价值观》《年近古稀赠雪君》《母亲九十寿辰》等作品。

“放歌新天府”：人间真情留心影，寄语时代无限景。

进入新的伟大时代，诗词也焕发出全新的光彩，历史的优秀基因，时代的丰润源泉，都使诗词这一中华文化的瑰宝重新释放出了强大的生命张力。诗人们不断深入生活、汲取养分，满怀激情歌咏时代，赞颂人民，已成为主流。魏康宁先生以年逾古稀之躯，不辞辛劳，既担负着宁夏诗词学会的领导工作，又身体力行带头进行创作，为广大诗词作者和爱好者树立了榜样。魏康宁先生所创作的诗词大气昂扬，充满着铿锵之音，散发着阳刚之气，读之令人振奋。如《南海阅兵》：“战艇集南海，国威震五洲。和平新舰队，航母站排头。统帅施军令，鱼鹰竞自由。兵强为守土，将帅尽风流。”同时他又十分注重抒情，善于从具体物象着手进行描写，写实而不呆滞，聚气而不散神。如《首个“中国农民丰收节”》：“九州农事旺，五谷酿沉香。蜜果千家挂，棉油万户藏。种田不纳税，村改住新房。大地黄金染，庆丰喜若狂。”诗人热爱生活，始终洋溢着积极向上、不断探索、追求新事物的热情。他不仅关心国家的进步与强大，家乡的发展与变迁，他更关注传统文化的继承与弘扬。他在收看中国诗词大会节目后深情地写道：“沣河生俊女，渭水育英才。四季临诗会，十番上舞台。秦都知古韵，学府恋书斋。打擂成功日，乡亲点赞来。”（《贺咸阳女孩陈更诗词大会第四季夺冠》）他为故乡的才女由衷地点赞，也为诗词的未来深感高兴。他相信作为优秀传统文化的诗词即将迎来更加明媚的春天。难能可贵的是，魏康宁先生以古稀之年，仍然在吟坛上放声高歌，不负时光不负岁月，乐观主义者的平和心态常常跃然纸上，鼓舞人心：“少小离家住校园，走出科大到边关。甘酸苦辣皆尝尽，酷暑严寒只等闲。职场拼搏谋大事，诗坛咏唱润心田。古稀尤恋咸阳水，畅饮一杯比蜜甜。”（《七十随感》）诗中没有一丝一毫岁月流逝带来的忧伤，少小离家，大学受教，职场拼搏，诗坛咏唱，人生惬意，生活充实。虽有思乡之情思，但幸福快乐堪比蜜甜，这是回忆之诗作，更是希望之歌咏，显示了诗人格局的广大，视野的开阔和气象的豪迈。

诗人是愉快的，也是沉重的，他的人生充满着诗意，他把他的精神活动转化为诗，发挥出应有的社会责任，让人们来欣赏他的作品，所以他是愉快的；他要深入地去思考一些社会问题、去探索创作的方式方法、去追求人生的更高境界，所以他又是沉重的，但这恰恰成就了一个诗人的格局和气象。读魏康宁先生的诗，只要细细地品味，我们都会感觉得到这种“格局”和“气象”的存在，这就是诗的无穷魅力。

魏康宁先生的诗作，我只是在阅读的过程中按创作年代作了一个粗浅的分析，远没有到达诗人笔下的情境，因而也存在着许多不妥，还请大家鉴别。诗人丰厚的人生经历和丰富多样的创作实践，都在验证着“纸上得来终觉浅，绝知此事要躬行”的深刻道理，我们学诗的人都应常常体会，以期提升诗学上的认知。

最后我想说：时代召唤，策马出征；壮心犹存，执旌乘风；塞上咏唱，万千和声；韶华虽逝，诗人长青！以表达我对魏康宁先生的敬重！

2021 年 11 月 20 日

目　录

CONTENTS

第一辑

古风拂塞上（2003—2008）

第二辑
雅韵抒情怀（2009—2014）

第三辑

诗吟凤凰城（2015—2017）

第一辑

古风拂塞上

2003—2008

镇北堡西部影城（古风）

（2003年5月2日）

贺兰山下旧兵营，雄伟苍凉废土城。

贤亮先生存慧眼，精心装点显文明。

道长坡陡高粱盛，十八里红烈酒浓。

月亮门前星灿烂，中国电影五洲行。

（载《宁夏日报》2004年5月31日文艺版）

民族大联欢（古风）

（2003年9月12日）

第七届全国少数民族传统体育运动会在银川市中山公园举行大联欢。

月近中秋分外圆，欢歌载舞银湖边。

花儿一曲园中亮，亲密同胞手足连。

相见时难离别苦，弟兄姐妹情意绵。

有缘塞上再相聚，重写辉煌话当年。

（载《宁夏日报》2003年9月13日第6版）

龙门石窟（古风）

（2004 年 9 月 15 日）

香山翠绿大河清，千窟万佛豫地生。

俊秀腴丰形各异，雕凿彩绘九州惊。

贺小外孙降生（古风）

（2004 年 6 月 1 日）

今天凌晨 5 时许，小女顺产宝宝。闻此喜讯，欣喜若狂。

铃声清脆传喜讯，沪上佳音到朔方。

啼哭如歌音绕梁，宝宝落地众人忙。

十月怀胎今有果，母子平安卧产房。

代魏两家添孙辈，春风满面喜若狂。

重读《甲申三百年祭》随感（古风）

（2004年3月10日）

盛世恰逢甲申年，历史烟云浮眼前。

陕西连旱民涂炭，三秦大地战火燃。

“十八孩儿”[①]威名传，摧枯拉朽夺中原。

所向披靡官兵散，攻入北京坐金銮。

胜利冲脑昏昏然，沉沦陶醉享清闲。

太平宰相[②]忙科举，宗敏威逼取圆圆[③]。

李岩请兵收河南，反遭金星进谗言[④]。

叛贼降敌清入关[⑤]，自成亲征败绩连。

冰冻三尺非日寒，大顺[⑥]衰败势难返。

闯王葬身九宫山，郭老《祭》文[⑦]警世言。

延安整风做“教员”[⑧]，全党团结坚如磐。

二中全会敲警钟，京城赶考不平凡。

历史悲剧莫重演，人民当家稳掌权。

小康目标催人进，求真务实永向前。

“三个代表”入心田，为民执政要清廉。

"两个务必"牢牢记，红色江山万万年。

（载《共产党人》2004 年第 9 期

①"十八孩儿"即"十八子"，这里代指李自成，见《李自成传》。

②指牛金星。

③刘宗敏捆绑吴三桂的父亲吴襄，夺得吴三桂爱姬陈圆圆。

④牛金星向李自成进谗言，李岩被杀。

⑤吴三桂叛变，清兵攻入山海关。

⑥指李自成的大顺朝。

⑦指郭沫若《甲申三百年祭》一文。

⑧《甲申三百年祭》先在重庆《新华日报》连载，后在延安和各解放区印成单行本。毛泽东同志读后深受震撼，要求将《甲申三百年祭》作为延安整风文件印发全党学习，提醒干部"必须保持清醒与学习态度，万不可冲昏头脑、忘其所以、重蹈李自成的覆辙"。

大女儿小静30岁生日有感（古风）

（2004年3月25日）

落地三二五，魏家一只虎。

生来惹人爱，学习不怕苦。

读研图深造，奋力考托福。

只身在海外，想煞老父母。

小女儿小辉28岁生日有感（古风）

（2004年4月23日）

四月二十三，小龙降世间。

红花开塞北，深造到秦川。

沪上才华展，猴年宝宝添。

前程无限好，厚望寄明天。

好支书李玉荣（古风）

（2004 年 5 月）

彭阳县长城村党支部书记李玉荣，一心为公，带领乡亲脱贫致富，积劳成疾。群众捐款为支书看病，干群鱼水情深。李玉荣康复，连任村支书。

高山引水长城塬，万亩旱地变水田。
贴心支书李玉荣，倾心工作干在前。
艰苦奋斗不畏难，吃苦耐劳无怨言。
胸中装着全村人，乡亲致富心里甜。
支书业绩不平凡，模范美名全县传。
积劳成疾缺钱治，村民自愿捐万元。
京城治病家乡返，邻里探视问暖寒。
鱼水情深不分离，干群团结心相连。
基层党建谱新篇，“两推一选”挑能贤。
精心选培带头人，玉荣大名票上填。
重任在肩腰不弯，鞠躬尽瘁永向前。
永世不忘乡亲情，誓建秀美新家园。

惩腐保廉三字经

反腐败，破万难，建体系，不平凡。

重预防，清源头，抓遏制，促勤廉。

强理想，崇先进，教在先，学在前。

守大节，慎小事，防线牢，保安全。

言与行，要一致，廉不廉，看过年。

禁赌博，慎搓麻，交挚友，莫跑官。

尊他人，惜自己，走邪道，生命完。

大宣教，育新人，扶正气，清风还。

廉为荣，廉为美，贪为耻，千夫指。

有规矩，成方圆，立法规，执必严。

敢干事，守纪律，不出事，快发展。

党内外，众监督，阳光照，腐败难。

巡视组，摸实情，促整改，选能贤。

重惩治，挖蛀虫，不留情，贼胆寒。

党与群，鱼水情，永不分，血肉连。

反腐败，保清廉，为人民，掌好权。

人心齐，泰山移，促和谐，换新颜。

我中华，基础稳，江山牢，永向前。

（载《夏风》2007 年第 2 期）

读自治区领导廉政承诺有感（古风）

（2004 年 7 月 3 日）

五条承诺重千斤，掷地有声显党亲。

肺腑诤言传塞上，倡廉反腐表丹心。

遵章守纪当模范，俯首为民严自身。

满意答卷交百姓，朗朗正气满乾坤。

（载《党风建设》2004 年第 4 期）

自勉（古风）

（2005 年 2 月）

（一）

出自农家在五陵，少年初长渭阳城。

求知深造行千里，苦炼勤学志向明。

贡献青春西海固，六盘山下净心灵。

泾河水畔遇知己，立业成家享爱情。

（二）

塞上山川任我行，职责恪守凤凰城。

测山绘水促发展，不辍笔耕为太平。

重担在肩须自律，廉洁清正永安宁。

条条义务牢牢记，耿耿忠心报党情。

都江堰（古风）

（2005 年 3 月 9 日）

鱼嘴卧江心，岷江四六分。

飞砂低作堰，清淤掏滩深。

瓶口控江水，川中气象新。

天赐都江堰，惠及万代孙。

参观小平故里随感（古风）

（2005 年 3 月 12 日）

蜀巴自古出英雄，灵秀广安育小平。

年少立志救民众，历经坎坷事竟成。

改革开放春潮涌，百姓欢欣不受穷。

统一中国成遗愿，赤子丹心情意浓。

观大足石刻（古风）

（2005 年 3 月 14 日）

石刻之乡育奇葩，精美雕像挂山崖。
佛祖涅槃气势大，观音千手金衣华。
善施助弱人不傻，作恶多端受处罚。
栩栩画面寓意深，传统美德誉中华。

西柏坡感怀（古风）

（2006 年 4 月）

华北明珠西柏坡，人民领袖智谋多。
运筹帷幄乾坤定，换代改朝喜建国。
全会光芒照四海，警言振聩记心窝。
不学皇帝迷金殿，赶考京城任世说。

赞优秀共产党员李双成（古风）

（2005 年 3 月 2 日）

聆听优秀共产党员李双成同志先进事迹报告，深为他对党和人民事业的忠诚所感动。

纪委书记李双成，永葆先进称英雄。
一身汗水两腿泥，为民激情火样红。

党纪国法作准绳，遏制腐败除害虫。
善待百姓如父兄，伸张正义保公平。

群众利益无小事，纠风整纪正气升。
坚持原则不徇私，一碗清水要端平。

山区农户移闽宁，渴望早日脱贫穷。
生产生活困难多，双成上任满腔情。

问计发展蘑菇棚，夜巡灌渠到天明。

残疾贫苦心中挂，学校建设入梦萦。

孝敬父母情意浓，尊老爱幼及亲朋。
抽空探望医病患，问寒问暖细叮咛。

相濡以沫夫妻情，心心相印度人生。
照料病妻二十载，人格高尚美心灵。

腊月噩耗人心疼，车祸惨烈悲情生。
忠魂一曲神鬼泣，千人送别凤凰城。

优秀党员李双成，宁夏大地传美名。
学习英模见行动，党员个个是先锋。

“三个代表”重践行，发展稳定争双赢。
前进路上不停步，塞上党旗分外红。

（载《党风建设》2005 年第 2 期）

游火山公园

（2005 年 8 月）

地火何时涌，人间留巨坑。
羊肠崎岖道，缥缈雾气腾。
坑底参天树，悬崖生古松。
喜观万载景，爽沐林间风。

（载《宁夏诗词卷》第 333 页）

宁夏实行公车标识有感（古风）

（2005 年 11 月）

公车本姓公，管理不能松。
标识车前挂，督查群众中。
公私两本账，时刻要分清。
他律促自律，廉洁正气升。

（载《党风建设》2005 年第 6 期）

廉政春联

（2006 年 1 月 8 日）

严肃执纪维护党章人人做忠诚卫士

热忱服务情系群众个个当贴心亲人

廉潮涌动中华大地行行暖

清风劲吹神州山川处处春

党风政风民风处处风正御风险

你廉我廉他廉人人廉洁拒腐蚀

（载 2006 年 1 月 14 日中国纪检监察报 4 版）

大葱吟

（2006 年 7 月 21 日）

叶长根壮土中埋，辛辣滋味骨里来。
岁岁年年离不了，未遭辱骂永清白。

咏蜡梅

（2006 年 8 月 9 日）

时值三九寒风劲，万物凋零大地僵。
何日花开春讯至，蜡梅斗艳送暗香。

咏青松

（2006 年 8 月 9 日）

陡峭悬崖脚下踩，石头缝里把根扎。

冰霜雨雪何来惧，铁骨铮铮承重压。

塞上清风廉政诗词大赛随感

（2006 年 12 月 5 日）

塞上江南飘墨香，清风吹送入诗行。

全将尽力摧枯朽，每以清廉助小康。

谱出和谐曲调美，育成花儿蕊枝香。

山川万里生春色，举国同心向太阳。

（载《宁夏诗词卷第 333 页》）

竹子吟

（2006 年 7 月 21 日）

根深叶茂泥土中，沐雨栉风身自崇。

宁折不弯真壮士，高风信可比青松。

（载《宁夏诗词卷》第 333 页）

赞功勋飞行员李剑英（古风）

（2007 年 1 月 9 日）

神鹰似剑刺苍穹，展翅翱翔耀碧空。

突遇鸽群灾难降，死生度外显英雄。

精心操纵争分秒，掠过村庄护众生。

巨响一声化壮举，群峰哭泣唤英灵。

（见《宁夏日报》2007 年 1 月 10 日第 3 版）

北培印象

（2007 年 8 月）

闭目赏蝉鸣，开心恋草坪。

风吹千树翠，雨润百花荣。

几净精神爽，学高指向明。

园馨人更美，纪检存真情。

（载《党风建设》2007 年第 5 期，《宁夏诗词卷》第 332 页）

赞纪检监察群英

（2007 年 1 月 8 日）

忠诚卫士聚京城，灿烂群星天映红。

一片赤心永向党，两肩似铁挑公平。

倡廉治腐筑防线，百姓安危记心中。

共建和谐多奉献，振兴华夏九州同。

（载《党风建设》2007 第 1 期）

秦中吟老印象

（2007年4月30日）

（一）

名从名作出，花自三秦开。

学苑陪桃李，文坛育俊材。

常吟边塞曲，无患鬓毛衰。

不惧忧烦扰，夏风扑面来。

（二）

还未临稀岁，名声已远传。

诗坛不老树，笔下思如泉。

情系农家事，曲歌干部廉。

兴来茶当酒，不醉只开颜。

（载《六盘高峰》2007年第2期，《宁夏诗词卷》第332页）

哈巴湖抒怀

（2007 年 7 月 16 日）

草如绿地毯，树似蘑菇云[1]。

大漠柳竹翠，深芦百鸟勤。

哈巴湖面阔，清水映园林。

聚宝毛乌素[2]，辛劳植树人。

（载《宁夏诗词卷》第 332 页）

①宁夏哈巴湖国家级自然保护区一景：树冠茂密，酷似蘑菇云。

②宁夏哈巴湖国家级自然保护区地处毛乌素沙地。

参观小浪底水利枢纽感怀（古风）

（2007 年 12 月）

巍峨大坝落中原，黄水清清现眼前。
举世无双小浪底，防旱排涝保安全。
调沙调水护河道，千里黄河永不干。
牢记嘱托慰领袖，黄龙俯首利人间。

“嫦娥一号”升空畅想

（2007 年 10 月 24 日）

“长征”矗立大山中，电掣风驰刺夜空。
仙女婷婷来作伴，赞歌曲曲送和声。
无须破禁食神药，只驾祥云奔月宫。
今日“嫦娥”舒广袖，太空共舞神州风。

拜读《晴雪塞上》赠韩长征同志

（2007 年 12 月 6 日）

少年花季沐春风，稚嫩诗芽心里生。
机器轰鸣铸诗胆，书斋静寞炼文功。
诗香浓郁飘边塞，文论清新促《夏风》。
莫道长征过甲子，挺胸昂首又长征。

（载《夏风》2008 年第 2 期）

读《剑若虹》赠学友刘剑虹

（2007 年 12 月 12 日）

党校同窗叶正黄，共研马列未能忘。
胸怀华夏发宏论，心揽朔方有锦章。
意至佳时词意切，情浓颠处诗情狂。
长虹多彩碧空展，宝剑勤磨收获忙。

（载《夏风》2008 年第 2 期）

读《秋悦平畴》赠崔永庆同志

（2007年12月）

厅长诗人重任担，胸中牵挂塞河川。
宁南雨润禾苗壮，银北碱排沃土添。
千载皇粮今日免，万村农户心头甜。
情真意切扶农事，公仆无私意底宽。

（载《夏风》2008年第2期）

赞自治区人大代表
下寺村党支部书记童玉梅

（2008年1月20日）

米缸山下一枝梅，致富脱贫有作为。
山绿水清村貌改，林丰苗壮庄生辉。
回乡天净地增产，万众心齐喜上眉。
试看明天新下寺，村强民富勇夺魁。

（载《夏风》2008年第3期）

参加自治区十届一次人代会有感

（2008 年 1 月 22 日）

春意浓浓满会堂，人民代表尽责忙。

官员个个精心选，报告行行细考量。

情系山川水电路，心连父老医食房。

乡亲选我传民意，衷恳代言不务旁。

（载《宁夏人大》2009 年第 4 期）

咏水立方

（2008 年 2 月 19 日）

温柔水立方，身弱实刚强。

衣厚一张纸，胸含万栋梁。

泳池通四海，兄弟友情长。

挥臂斩碧浪，勇夺波里王。

赞塞上抗击冰雪灾害

（2008 年 2 月 8 日）

天寒地冻朔风刮，素裹银装飞雪花。

谁料低温酿祸害，牛伤羊死温棚塌。

灾情就是动员令，万马千军似箭发。

煤矿加班力保电，安全送电业绩佳。

维修畜圈牛羊暖，科技领先苗不差。

低保人家心上挂，炕头慰问家常拉。

下拨专款到区县，饺子酒香飘万家。

塞上齐歌胜利曲，惠民政策人人夸。

（载《夏风》2008 年第 2 期）

咏冬日白杨叶芽

（2008年2月26日）

落叶时节孕嫩芽，笑迎三九弄冰花。
经得雨雪新芽壮，牵手春风身挺拔。

赠军旅作家晓音同志

（2008年2月20日）

塞上边关读晓音，凤凰城里识乡亲。
树碑将领文思涌，明辨史实睿智喷。
传记文章大手笔，关中汉子誉连身。
军歌唱亮吟词曲，再向骚坛天地新。

咏宁冬黄杨（古风）

（2008 年 2 月 22 日）

霜拂大地朔风寒，绿树翠枝映眼帘。

傲雪凌风鄙冻害，联松携柏献春天。

黄杨嫁娶丝棉木，牵线搭桥特派员[①]。

巧妙结合奇技现，育出嫩绿美人间。

---

①宁冬黄杨系银川市科技特派员李安宁于 2004 年通过嫁接技术培育成功。

游沙漠奇观长流水（古风）

（2008 年 3 月 16 日）

泉水潺潺大漠涌，冬青簇簇满坡生。

黄沙漫漫孕奇景，瀑布清清潜巨龙。

思绪放飞毛乌素，情浓溪水心生风。

灵州再现儿时梦，宁夏魂牵故土情。

（载《夏风》2008 年第 4 期）

凤城春早

（2008 年 3 月 31 日）

杨花柳絮逐风扬，燕雀呢喃绕画梁。

云伴雨丝千树翠，风和日丽万枝黄。

青藤伸展墙头绿，桃杏花开满院香。

塞上人勤诸景靓，凤城春早溢芬芳。

（载《夏风》2010 年第 1 期）

咏鸟巢

（2008 年 2 月 19 日）

似巢非鸟巢，实是连心桥。
奥运百年梦，今朝不再遥。
五环连世界，四海涌春潮。
中华东方立，神州尽舜尧。

游水洞沟

（2008 年 3 月 18 日）

边沟流水伴边墙，墙内崖边宝贝藏。
先祖石磨显智慧，后人考古赞声长。
史前遗迹今朝现，水洞沟名世界扬。
草盛水肥不复在，黄沙大漠费思量。

（载《夏风》2010 年第 1 期）

参观灵武恐龙遗址

（2008年3月22日）

龙体没黄泉，沉寂亿万年。

一朝灵武现，四海美声传。

壮丽侏罗纪，群龙首尾衔。

奈何灾难降，一去永无还。

（载《夏风》2008年第4期）

赞四季鲜果之乡——永宁

（2008年5月8日）

冰天雪地北风寒，棚内群蜂采蜜欢。

三九冬寒花正艳，四时春暖李桃甜。

神州瞩目永宁果，南北客商喜进园。

科技兴农百姓富，设施园艺美名传。

夏日听雨

（2008 年 6 月 21 日）

天干思露降，地燥盼云生。

闭户闻雷响，开窗进雨声。

（载《夏风》2008 年第 4 期）

宁夏回族自治区成立五十年周年（古风）

（2008 年 3 月 31 日）

火红年代喜事逢，宁夏建区获新生。

回汉人民共患难，山川兄弟并肩行。

春风劲吹民情动，开放赢得山水清。

跟定救星共产党，民族自治展新容。

（载《中国纪检监察报》2008 年 10 月 13 日第 4 版）

赞优秀纪检监察干部李彬

（2008年4月24日）

李彬同志生前任贵州省开阳县永温乡党委委员、纪委书记。2008年1月中旬以来，贵州省遭受了罕见的特大凝冻灾害，给群众生产生活造成严重影响。在抢险救灾工作中，李彬同志按照上级党委、纪委“抗凝冻、保民生”的决定精神，全力以赴，顶风冒雪，连续26天顽强奋战在抢险救灾第一线。2月6日（除夕）晚上，因劳累过度诱发脑溢血病倒，经抢救无效于2月10日不幸牺牲，年仅34岁。

天无半日晴，地盖寸冰凌。

风雪灾民困，真情冻雨融。

除夕灯火亮，纪检爱心红。

壮士战壕死，青春化赤诚。

说“钱”字

（2008 年 5 月 8 日）

倡廉反腐过三关①，慎看钱财防在先。

一注黄金诱眼热，两根银剑立身边。

送钱犹若送绳索，受贿原本通狱监。

不义之财永不占，干干净净走得端。

（载《中国纪检监察报》2008 年 10 月 13 日第 4 版）

①指权、钱、色三关。

敬礼娃娃

（2008 年 5 月 31 日）

3 岁男孩郎铮 2008 年 5 月 13 日在被埋 17 小时获救后，向战士叔叔敬礼。

男儿地震废墟埋，获救艰难战士抬。

可爱小童忙敬礼，军民泪水涌泉来。

读《寒塘韵语》赠熊大姐

（2008 年 6 月 26 日）

凤凰城里溢书香，塞上寒塘菡萏芳①。

甲子心高何惧老，古稀意挚笔耕忙。

骚坛叶茂映国盛，文苑花繁伴世昌。

厚土高天黄水育，吟诗品韵味悠长。

---

①熊品莲，字寒塘。菡萏，即荷花。

奥运圣火耀湖城

（2008 年 7 月 12 日）

塞上骄阳火样红，人山旗海溢湖城。
山川辉映祥云绕，回汉齐心圣火明。
传递共赢共享梦，交接同本同源情。
北京奥运五洲盼，多彩和谐四海行。

（载《夏风》2008 年第 4 期）

凝视天安门前合影

（2008 年 9 月 2 日）

旧照一幅现眼前，勾回思绪在昨天。
少年气盛闯科大，学子志高峰顶攀。
东域西疆学府聚，南腔北调心相连。
肥城分手四十载，好友同窗常挂牵。

中国科大五十华诞抒怀（古风四首）

（2008 年 7 月 16 日）

（一）校歌嘹亮

英雄年代舞东风，科技大学喜诞生。

郭老挥毫情意切，吕翁弹指美声鸣[①]。

红旗高举通天赤，登顶攀峰尚未穷。

四海青年立壮志，学习领袖毛泽东。

（二）刻苦学习

秀美校园靓玉泉[②]，松青花艳群楼间。

教学大楼灯辉映，球场泳池热浪掀。

苦练勤学志向大，贪黑赶早紧相连[③]。

胸中自有万钧力，学业有成践誓言。

（三）全院办校

全院办学威力强，大师教授教学忙[④]。

科学院所连各系，举世无双大课堂。

放眼前沿创理论，理实并重学风扬⑤。

莘莘学子沐甘露，个个幼苗成栋梁。

（四）科大新生

阴霾驱尽太阳红，科大新生立古城⑥。

超智少年奇迹创，校园优雅殿堂明。

桩桩成果全球震，济济人才寰宇行。

千万师生齐奋战，明珠闪耀慰英灵。

---

①中国科大校歌系郭沫若校长作词，吕骥谱曲。

②中国科大诞生在北京市玉泉路。

③中国科大课重，教学楼内早课晚课连着上，当时有“不怕死的考科大”一说。

④按照“全院办学、所系结合”的方针， 严济慈、钱学森 、华罗庚、贝时璋、赵忠尧等著名科学家亲自给本科生授课。

⑤中国科大学风：勤奋学习、红专并进、理实交融。

⑥ 1970 年初，中国科大迁至安徽省合肥市。1978 年以来，在党中央、国务院的亲切关怀下，全校师生员工锐意创新、奋发努力，中国科大在古城合肥获得新生，成为教育战线上一颗璀璨的明珠。

读《蓝梦集》赠何铮同志

（2008 年 7 月 22 日）

临洮育栋材，灵气土中来。

书意随骑舞，诗情伴凤开。

词吟叹盛世，语韵寄情怀。

蓝梦融心曲，重阳展异才。

（载《夏风》2008 年第 4 期）

赞六盘山广播电视转播台

（2008 年 8 月 5 日）

铁塔入云端，频波心底传。

低头观雾海，举首望蓝天。

乐伴风雷电，笑迎冰雪寒。

吃得千遍苦，喜见万家欢。

（载《诗词之友》2009 年第 4 期）

特殊党费收据

（2008 年 9 月 4 日）

收到中共中央组织部特殊党费收据，心情激动，成诗一首。

地动山摇意志坚，党旗红透九重天。

中华儿女心贴近，亿万千群手紧连。

父老乡亲蒙苦难，特殊党费表吾言。

鲜红收据京城寄，永久珍藏留世间。

祝贺宁夏诗词学会成立二十周年

（2008 年 9 月 12 日）

塞上骚坛展睿能，新声古韵俱相融。

歌轻曲漫描湖海，彩重墨浓绘世风。

新老诗家诗意涌，雅儒巨笔巨章成。

长词短句二十载，众口齐抒宁夏情。

中国科大同窗聚会感怀

（2008 年 9 月 20 日）

中国科大五秩华诞，近代物理系 64、65 级同窗聚会合肥校园，抚今追昔，感慨万千。

风华正茂志飞天，“两弹一星”魂梦牵[①]。

刻苦钻研怀壮志，翻山越岭汇玉泉[②]。

同学同练共前进，互助互帮度险关。

星火燎原成大势，遍播华夏美名传。

---

①在发展“两弹一星”等尖端科技的迫切需要下，中国科大应运而生。

②中国科大校址原在北京市玉泉路，1970 年初南迁至安徽省合肥市。

农垦抒怀

（2008 年 10 月 26 日）

当年创业倍艰难，军垦同心治碱滩。
夏日雨飘如洒汗，冬天雪盖挡风寒。
勤劳造就田园美，智慧赢得粮米川。
场场兴隆千业旺，家家和顺幸福添。

（载《夏风》2009 年第 2 期）

党的纪律检查机关恢复 30 周年感怀

（2008 年 11 月 8 日）

三中全会响雷声，纪检监察获再生。
旗帜高扬出利剑，惩除腐恶廉洁兴。
诚心诚意为群众，公正公平强作风。
发展富民新使命，护航保驾立新功。

（载《党风建设》2008 年增刊）

回老家杂吟

（2008 年 10 月）

（一）雨中回故乡

列车缓缓进咸阳，秋雨丝丝天气凉。
雨伞带来情意暖，车轮奔放喜张狂。
迎宾大道笑容绽，锦绣田园神采扬。
柿树成行红果艳，隔着前院唤亲娘。

（二）街道柿子树

亭亭玉立大门前，朵朵红云入眼帘。
粒粒果实如玛瑙，簇簇火焰枝头燃。
新楼新院新家具，新貌新村新厂连。
柿子映红孙辈脸，眉梢带喜品香甜。

（三）塘库新面貌

西沟塘库草丛生，联产承包人气升。
清水弯弯平似镜，鱼竿密密水中停。

饵食拿手精神聚，技术高超不落空。
待到玉盘梢上挂，掂掂鱼篓都不轻。

（四）岁月不饶人

童时伙伴今成翁，白发丛丛两鬓生。
昔日传闻皆趣事，今朝欢乐俱轻松。
改革铸就亲民路，开放赢得生意兴。
喜看农家诸事顺，儿孙代代沐春风。

参观白春兰冒贤业绩园

（2008年11月8日）

眺望一棵树[①]，林青果满园。

粮丰牲畜旺，沙退扩良田。

奋斗未歇脚，安息慰冒贤[②]。

激情增智慧，伟业待春兰。

---

①一棵树，白春兰夫妇开始治沙的地方。

②冒贤，白春兰的丈夫，病逝在治沙中。

忆毛主席率领红军翻越六盘山（古风）

（2008年11月12日）

六盘岭上激情烧，将士呼声冲九霄。
战马萧萧鞍未下，军旗猎猎迎风飘。
英明统帅诗情涌，气势磅礴天际遨。
在手长缨化利剑，苍龙俯首叹天骄。

（载《六盘高峰》2009年第1期）

履职有感

（2008年12月30日）

今年1月，在自治区十届人大一次会议上当选常委会委员。履职一年，感触颇深。

代表选咱当委员，精心劳作整一年。
情连塞上宏图展，心系朔方热浪掀。
百姓喜忧知冷暖，官员良莠辩廉贪。
鞠躬尽瘁为民众，不忘职责压在肩。

（载《宁夏人大》2009年第4期）

百井暖心田

（2008 年 11 月 18 日）

驻宁某给水团牢记胡锦涛总书记嘱托，2008 年为民打井百余眼，3 万多住在旱塬的回汉群众喝上了甜水。

领袖浓情重若山，英雄部队谱新篇。

千人智慧成深井，百眼清泉润旱塬。

回汉亲人圆美梦，山川百姓笑开颜。

潺潺流水官兵乐，吃苦千般心里甜。

（载《诗词之友》2009 年第 4 期）

夜游乌镇西栅

（2008 年 11 月 22 日）

碧水蓝天伴彩霞，老宅枕水映光华。

蓬廊依岸美人靠①，水阁②临波好品茶。

小巷徜徉响石板，市河③荡漾藏鱼虾。

扁舟唉乃窗前过，举步推门进“我”家④。

（载《黄河文学》2009 年第 12 期）

---

①美人靠，市河岸上蓬廊边带靠背的长木椅。

②盖在市河水上的木屋，当地人称作“水阁”。

③市河，连接乌镇人家的水路。

④乌镇上一批民居改造后供游人住宿，游客称主人为东家。

送项宗西书记离任

（2008 年 6 月）

横眉惩腐恶，心雨润廉花。

塞上清风劲，朔方正气发。

殚精护党纪，竭虑强监察。

意切言辞溢，情真韵句达[1]。

（载《夏风》2008 年第 4 期）

---

①项宗西书记离任时，赠诗纪检监察干部：瑞雪舞新岁，弦歌奏春归。宏图谋跨越，号角正频催。廉政清风劲，惩防重鼓擂。擎旗除腐恶，亮剑铸丰碑。三载同甘苦，友情伴永随。忠诚昭日月，为党再争辉。”

第二辑

雅韵抒情怀

2009—2014

周陵再展画图宏

（2009年2月2日）

欣闻老家咸阳市周陵镇跨入全国文明村镇行列，深为家乡巨变感到自豪。

毕郢原宽立巨陵，三秦大地享威名。
千年古镇容颜变，万户农家庭院明。
汉瓦秦砖今岁换，唐风周韵永流行。
良田肥沃新村美，周陵再展画图宏。

贺兰山岩画

（2009年2月12日）

兰山作纸有心涂，峭壁凌云美画浮。
虎豹牛羊谁刻就？谜留万古耐人读。

（载《塞上诗乡西夏雅韵》第96页）

秋收

（2009 年 10 月）

黄金铺地亮平川，稻谷盈仓堆若山。

万顷良田天府扮，农夫心喜笑开颜。

巴山红叶赞

（2009 年 2 月 12 日）

四川省南江县纪委书记王瑛，人称“拼命三郎”，以无限的忠诚书写人生，在纪检监察战线上坚持到生命的最后一刻。

巴山蜀水唤英灵，华夏神州响盛名。

“拼命三郎”查铁案，深情一片铸忠诚。

身牵父老千家事，心挂南江万户情。

到死春蚕丝不尽，仍将热血化飞虹。

（载《党风建设》2009 年第 2 期）

参观12315指挥中心有感

（2009年3月15日）

一张网络覆城乡，牵动商家遍四方。
消费偶生不顺事，维权难免遇惆怅。
温馨红盾知民意，真切视频调解忙。
勤奋工商申正义，和谐社会暖风扬。

（载《黄河文学》2009年第12期）

春风

（2009年4月5日）

和畅惠风脚步急，裁出细叶众称奇。
轻柔锋利两相伴，集暖驱寒吻牧笛。
姹紫嫣红常守望，鹅黄嫩绿总相依。
一年一度人间会，万代千秋永不离。

（载石嘴山日报2010年3月17日A2版）

赞宁夏交通人

（2009年4月8日）

踏水架桥绘彩虹，劈山凿洞续长龙。
九横三纵织成网，四面八方道路平。
万里物流民致富，千家车靓乐出行。
山川尽现丰收景，盛赞交通奉献情。

（载《夏风》2009年第3期）

沙坡头

（2009年5月8日）

有沙有水伴河湾，治水治沙巧闯关。
圆把钢锹惊世界，方格草网锁沙山。
流沙止步沙生绿，河水欢流水润川。
来往列车无阻挡，进出游客赏奇观。

（载《塞上江南·神奇宁夏》第70页）

看电视剧《潜伏》有感

（2009年5月20日）

身在虎狼窝，心思黄土坡。

时时防暗箭，处处躲漩涡。

巧用连环计，妙招险境脱。

辛劳十数载，赤胆为中国。

宁东煤化工

（2009年5月）

铁塔矗宁东，摩天抵九层。

科学生智慧，煤炭变烯烃。

读廉政广告随感（五首）

（2009 年 6 月）

（一）清莲图

菡萏祛污腐，清香扑面来。

莲洁白似玉，正气满胸怀。

（二）捞国家 牢自己

监牢葬自身，镣铐锁灵魂。

昔日厅堂坐，今朝戴罪人。

（三）说钱字

金条吐艳芳，利刃闪寒光。

若有蠡伸手，定将斩首亡。

（四）悬鱼图

家家羊续居，户户俱悬鱼[①]。

送礼无门进，清廉万众趋。

（五）脚正身直

履垫绣莲蓬，足直脚步轻。

老娘不抹泪，犬子沐春风。

（载《六盘高峰》，2011 年第 1 期）

①羊续，东汉南阳太守，为守清廉，悬鱼拒礼。

读《六个为什么》有感

（2009年7月15日）

马列旗帜不能改

三中全会起东风，试水投石探路行。
马列精髓明指向，中国特色映天红。
万千同志齐发奋，十亿人民志向同。
改道更弦招祸害，举旗扬帜九州兴。

中国特色不能变

开天辟地第一遭，百姓当家理政朝。
党派不分大与小，民族无论矮和高。
胆肝相照商国是，共济同舟定律条。
分立三权掘陷阱，坚持特色政权牢。

改革开放不能停

波澜壮阔改革浪，荡气回肠开放涛。
华夏浓妆风景靓，九州淡抹显妖娆。

弓张弦满难收箭，风劲帆直好弄潮。

民富国强非梦境，中华大地尽英豪。

（载《夏风》2009 年第 4 期）

先烈英模不能忘

（2009 年 7 月）

一

英模烈士若晨辰，照耀神州泣鬼神。

革命精神传万代，阳光雨露育新人。

二

千万英杰永世尊，振兴华夏建功勋。

今朝推举佼佼者，难住吾侪写票人。

赴内蒙古自治区考察随感

（2009 年 7 月 3 日）

赞巴彦淖尔

阴山南北好家园，蒙汉弟兄展笑颜。
煤铁铜铅宝藏富，牛羊驮马畜群连。
草原辽阔歌声亮，麦黍盈仓舞步欢。
天下黄河富两套[1]，巴彦淖尔美名传。

游辉腾锡勒

天蓝草绿野花开，水绿石奇费解猜。
绝壁悬崖神斧劈，凌空云朵鬼刀裁。
雪白羊群丝毯撒，天轮铁塔[2]迎风排。
辉腾锡勒不寒冷[3]，天下游人接踵来。

（载《夏风》2010 年第 4 期）

---

① 巴彦淖尔，地处黄河后套。

② 指矗立在山梁上的风力发电机群。

③ 辉腾锡勒，蒙语，意为寒冷的山梁。

深秋

（2009年10月）

苇荡芦花旺，池塘草鲤肥。

稻田鱼蟹聚，美酒醉人归。

合欢树

（2009年7月17日）

春生嫩绿夏遮阳，一树火红满院香。

簇簇含苞花待放，亭亭玉立靓衣裳。

绒花携手迎金昱，翠叶相依享夜凉。

塞上芙蓉情意重，合欢和睦暖心房。

（载《夏风》2010年第2期）

隔代亲

（2009 年 7 月）

拍照片

天蓝树绿花枝繁，宝宝头遭拍照片。

姥姥接机瞧仔细，缺头少脚亦心甜。

吃包子

皮薄馅大小笼包，宝宝一人全报销。

姥姥不知包子味，桌旁抿嘴盼孙高。

塞上轻雾

（2009 年 10 月 9 日）

绵软轻纱挂九天，亦真亦幻显兰山。

塞上回乡天府画，浓妆淡抹现人间。

（载《宁夏诗歌选》上册第 120 页）

悼钱学森

巨星陨落九州悲，仰望遗容思绪飞。

过海漂洋怀壮志，脱羁破绊大师归。

一星两弹强国力，绕月飞天长党威。

沐雨栉风近百载，学高品范永生辉。

（载《夏风》2010 年第 2 期）

美六盘

（2009 年 10 月）

高原镶绿岛，秀水育青山。
美景胭脂染，神奇遍六盘。

（载《夏风》2011 年第 2 期）

观电影《建国大业》

（2009 年 10 月）

协定渝州墨未干，肮脏黑手犯延安。
月沉国统民涂炭，日起柏坡捷报传。
万世宏图众手绘，千秋伟业我军担。
雄鸡报晓通天赤，华夏山河写巨篇。

（载《夏风》2010 年第 2 期）

塞上沙枣树

（2009 年 7 月 20 日）

荒郊大漠把根扎，地埂田边亦是家。
叶厚耐得千日旱，枝坚挺住九重沙。
花开沙海甜心肺，枣落农家泡碗茶。
莫道皮糙差美貌，防风护院众人夸。

（载《夏风》2010 年第 1 期）

上海世博赞歌

浦江两岸展雄风，灿烂群星映碧空。
百馆飘来智慧美，万心涌动至亲情。
邻邦风采传神韵，异域文明架彩虹。
共享人间科技果，同求世界永和平。

（载《夏风》2010 年第 4 期）

自乐

（2009 年 12 月 31 日）

打工儿女远离乡，父母无着心里慌。

自乐班中家伙响，抛开烦恼吼秦腔。

（载《夏风》2011 年第 2 期）

人进沙退

（2009 年 12 月）

科学创意治荒沙，沙固风和草木发。

地绿天蓝滋万物，山清水秀润千家。

江南美景朔方绘，塞北雄浑南岭夸。

回汉同心生巨变，山川携手富根扎。

（载《应理之光》第 135 页）

人大常委会三十年

（2010 年 1 月 15 日）

塞上高擎特色旗，朔方迈步道不离。
建章立法宏图展，选任官员队伍齐。
关注民生决大事，胸怀父老病寒饥。
乡亲托嘱心中记，俯首为民志不移。

（载《夏风》2010 年第 3 期）

盼春

（2010 年 3 月 5 日）

半池碧水半池冰，乍暖还寒盼煦风。
绿染山川须待日，嫣红姹紫在心中。

（载《宁夏诗歌选》上册第 120 页）

鲜红手印颂沈浩[①]

（2010 年 1 月 11 日）

鲜红手印映红心，留住英雄挽住魂。
重任压肩生浩气，忠诚立志改乾坤。
一腔热血谋发展，六载辛劳献众亲。
今世未成三件事[②]，来生再馈小岗人。

（载《宁夏人大》2010 年第 5 期）

①小岗村人曾三次摁下手印，把由省财政厅下派到小岗村任党委书记、村委会主任的沈浩永远留在了小岗村。

②沈浩生前未竟的三件事：修一条南北大道，建一座小水库，办一个上市公司。

升国旗

（2010 年 1 月）

烈焰映朝霞，五星靓百花。

放歌十四亿，尧舜满中华。

（载《夏风》2010 年第 3 期）

凤城虎年元宵夜

（2010 年 2 月 28 日）

千灯照雪晴，万户放光明。

虎啸人添寿，凰鸣地聚情。

灯明城耀眼，火艳水生灵。

塞上扬春意，湖城紫气升。

（载《夏风》2010 年第 3 期）

神奇沙湖

（2010 年 2 月 28 日）

一

沙从天上降，水自地中来。

漠水相依恋，神奇画卷开。

二

沙纯湖水碧，苇密鹭鸥排。

唱晚渔翁醉，迎曦贵客来。

（载石嘴山日报 2010 年 3 月 17 日 A2 版）

园艺产业园

（2010 年 4 月）

剔透玻璃房，房中溪水藏。

百花开两岸，五谷靓千行。

异草呈娇态，奇葩放艳香。

今朝园里长，来日遍村乡。

（载《夏风》2010 年第 4 期）

小静报母女平安

（2010 年 5 月）

大洋彼岸悦音传，母女平安免挂牵。

十月怀胎连骨肉，一朝分娩两家欢。

求学四载经苦难，结伴三年唤蜜甜。

守望隔洋难相见，何时相聚在身边。

唐徕渠畔拜读唐徕赋

（2010年6月18日）

王正伟先生唐徕赋刻石于银川唐徕渠边。临石拜读，感而得句。

浩荡唐徕水，千年淌不停。
三军熄战事，百姓享安宁。
引水良田沃，勤耕麦稻丰。
江南边塞现，回汉乐融融。

（载《夏风》2010年第4期）

悼漫画大师华君武

（2010年7月）

犀利如枪敌胆破，讽幽似刺友心清。
酸甜苦辣皆成趣，画笔从容伴世风。

（载《夏风》2011年第1期）

北疆情思

（2010年7月）

漠河望北方，思绪漫龙江。[1]
对岸神州地，故国变异乡。
家贫人志短，国弱土痍疮。
今日称兄弟，终究是友邦。

（载《夏风》2011年第1期）

① 18世纪以来，沙皇俄国强迫清政府签订多个不平等条约，侵吞黑龙江以北大片中国国土。

镜泊湖

（2010 年 7 月）

仙山天上有，圣境世间无。
地火冲天起，镜泊入画图。
山青林木盛，水秀靓景出。
华夏山河美，神州数此湖。

（载《夏风》2011 年第 1 期）

珲春防川感怀

（2010 年 7 月）

珲春防川位于中、俄、朝三国交界处，距日本海仅三十里，却只能望海兴叹，出海无门。

鸡鸣听两岸，放眼望三国。
昔日故乡土，凌欺遭抢夺。
海临咫尺近，闭锁万山隔。
何日东门畅，出洋走万国。

（载《夏风》2011 年第 1 期）

王洛宾巧遇五朵梅

（2010 年 10 月）

朦胧泪眼淹君心，一曲花儿暖洛宾。

天籁之音华夏唱，百花怒放满乾坤。

（载 2011 年 1 月 14 日《固原日报》）

六盘农家乐

（2010 年 10 月）

万绿丛中一片红，回乡屋舍映天晴。

白鸽房顶迎宾客，主妇厅堂宴友朋。

野菜漂香瓜果脆，蒸鸡爽口肉汤浓。

游人品罢细回味，美意六盘嵌脑中。

（载《夏风》2011 年第 2 期）

宁东能源化工基地

（2011年1月28日）

一号工程气势宏，荒山崛起化工城。
乌金闪亮迎红日，强电奔流吻海风[①]。
洁净三能千业旺[②]，黑煤四化百行兴[③]。
朔方热土春潮涌，再创辉煌向世呈。

---

①2010年11月11日，世界首条正负660千伏电压等级直流输电工程——宁东至山东千伏直流工程开始试运行。

②指火电、风电和太阳能光伏发电等清洁能源。

③煤炭经电化、焦化、汽化和液化，生成多种化工原料。

建党九秩感怀

（2011年2月12日）

激流建党

阿芙洛尔炮声急，马列真经赤县习。
沪上诞生革命党，九州雷响展红旗。
星星之火燎原势，漫漫征途迈步齐。
立志推翻黑世界，换天改地创神奇。

危难建国

红星灿烂指航程，万众一心破浪行。
生死存亡强志向，危难险重显神通。
铁拳砸烂列强梦，利剑削平百万兵。
亿万父兄得解放，神州大地颂泽东。

和平崛起

清除积弊启国门，伟大复兴道理真。
依法治国民意顺，以人为本暖民心。

韬光养晦聚国力，民富国强邻里亲。

特色旗帜红色路，和平崛起耀乾坤。

建党九秩感怀

一唱雄鸡天下白，神州十亿气如虹。

人民做主理国事，法治为先促繁荣。

扶困脱贫奔富路，倡廉反腐育芳丛。

扬帆破浪红旗舞，彼岸光华在望中。

（载《夏风》2011 年第 3 期）

边塞奇观

（2011 年 3 月）

平湖戏野鸭，大漠放杨花。

景靓腾格里，心驰万里沙。

（载《夏风》2011 年第 3 期）

利比亚大撤侨

（2011 年 3 月 8 日）

海外风云变，同胞遇险危。

连天车舰载，星夜神鹰飞。

友谊八方暖，爱风四海吹。

祖国无限好，游子望春归。

（载《夏风》2011 年第 3 期）

乐在鹊乡

（2011年3月24日）

喜鹊是银川市市鸟，祝贺银川荣获中国“喜鹊之乡”称号。

爱巢筑在绿丛中，育女生儿享太平。

水阔林丰人友善，喳喳报喜乐无穷。

（载《夏风》2011年第3期）

西安世界园艺博览会

（2011年4月）

放艳渭河边，飘香浐灞间。

园奇城聚气，林秀客增欢。

唐韵时时现，秦风处处添。

古都容貌改，异彩靓长安。

（载《夏风》2011年第3期）

花山谜窟

（2011 年 4 月 26 日）

巨石何日采，洞窟谁人开。

故事传万代，谜团永世猜。

（载《宁夏人大》2012 年第 2 期）

叹反战老人

（2011 年 8 月）

美国华盛顿特区宾夕法尼亚大道上，一位名叫康塞普塞昂·皮奇奥托的老人在简易帐篷中住了近三十年，反对战争，守候和平。

安营扎寨面白宫，老妪名扬寰宇中。

反战帐篷熬烈日，和平愿望变成空。

重兵攻打伊拉克，猛虎奇袭毖拉登。

铁马碾压阿富汗，何闻旷日妇人声！

（载《党风建设》2012 年第 1 期）

兰亭感怀

（2011年4月29日）

兰亭书圣会群贤，溪水流觞唱雅篇。

走笔巅峰集序现，书家世代永登攀。

（载《宁夏人大》2012年第2期）

科大校友聚会凤凰城

（2011年8月10日）

41年前校友白湖分别，各奔前程；41年后银川重逢，再现友情。抚今追昔，感慨万千。

才饮白湖水，又食塞上鱼。

长河得野趣，大漠享宽余。

学友真情在，同窗伪善除。

今朝增友谊，何日再添福？

（载《宁夏人大》2012年第2期）

中宁枸杞

（2011 年 5 月）

中国枸杞数中宁，本草评说旧有名。

鲜艳欲滴如赤宝，晶莹剔透似霞红。

疏肝明目精神爽，健体强身延寿龄。

神果造福回汉富，杞乡永记上苍情。

天吻

（2011 年 11 月）

神舟八号与天宫一号在甘肃和陕西上空精准对接，普天同庆，万众欢腾。

神八远去会天宫，长箭乘风送太空。

百里闻声瞄倩影，毫厘牵手紧相拥。

天神一体游天际，华夏同发喝彩声。

神箭神舟连广宇，天宫闪烁变新星。

（载《宁夏人大》2012 年第 11 期）

宁夏植树谣

（2012 年 1 月）

山川勤动土，阡陌嫩芽发。
塞上多栽树，首都少落沙。
城乡披锦绣，屏障护京华。
绿野铺千里，鲜花靓万家。

（载《宁夏人大》2012 年第 11 期）

读中华诗词文库宁夏卷

（2011 年 8 月）

一部诗集如画卷，当今宁夏现人间。
长河筑起黄金岸，大漠染青瓜果甜。
回汉同心描世界，军民携手绘河山。
天翻地覆须时日，可望朔方霞满天。

（载《夏风》2012 年第 1 期）

隆德马社火

（2011 年 10 月）

高头大马列成行，各路英豪器宇昂。

将相君臣街上过，奇闻趣事道中扬。

喧天锣鼓山村起，邻里乡亲喜若狂。

百姓平添欢庆乐，太平盛世享吉祥。

（载《宁夏诗歌选》上册第 120 页）

隆德剪纸

（2011 年 10 月）

薄纸一方藏世界，剪刀两刃刻乾坤。

指尖流淌村姑秀，巧手托出战士亲。

锦绣田园收眼底，温馨院落暖人心。

千家万户窗前挂，文化之乡处处春。

（载《宁夏人大》2012 年第 11 期）

飞雪迎新春

（2012 年 1 月）

玉兔乘风去，金龙踏雪来。

千村紫气旺，万树梨花开。

歌咏山川秀，诗吟大地皑。

丰年邀瑞雪，百姓乐开怀。

（载《宁夏人大》2012 年第 11 期）

巡视感言

（2012 年 2 月）

有畏肩头重，无私心地宽。

千天巡市县，五载视山川。

盯紧不平事，挂牵百姓安。

建言扶气正，着意促官廉。

（载《夏风》2012 年第 3 期）

赞杨善洲

（2012 年 3 月）

俯首保安民，魂牵大亮林。

路遥凭脚力，日久靠情深。

百姓寻常事，善洲记在心。

清风盈两袖，正气贯一身。

读宗西《春色秋光》有感

（2012 年 5 月）

江南锦绣流书卷，塞北雄浑淌字间。

爱憎分明穿纸背，亲情浓烈透诗篇。

词吟火热大时代，曲诵和谐新地天。

笔汇千章存秀气，心香一瓣献山川。

（载《夏风》2012 年第 3 期）

学雷锋二则

（2012 年 4 月）

一

本是平凡上等兵，乐于奉献变英雄。

主席泼墨楷模树，万众思齐风气清。

故事动人传后世，精神高尚励今生。

千秋万代学先进，海北天南铸大同。

二

中华大地赞雷锋，一代英模万世星。

大义扶贫明大义，众人济困乐人生。

爱心互递清风畅，诚意传播正气升。

我为人人勤奉献，人人为我百行兴。

（载《夏风》2012 年第 3 期）

航天员心连潜海员

（2012年7月）

神九太空恋，蛟龙深海潜。
英雄同祝贺，战友赤心连。

读《渭水漾波》梦回母校

（2012年5月）

读老友智钧《渭水漾波》，咸阳二中众师生跃然纸上，引我梦回母校。

渭水秦都恋毕塬，关中名校座塬边。
恩师校友似昨见，球场讲堂现眼前。
嘹亮歌声萦耳际，芬芳画卷展手边。
智钧笔下五十载，仲夏一别今日还。

鸣翠湖心岛小憩

（2012 年 7 月）

娇燕桌边过，野鸭椅后飞。

荷花争吐艳，苍鹭等鱼归。

词韵盈盘皿，诗香溢盏杯。

鸟鸣芦叶翠，湖碧爽风吹。

农家乒乓乐

（2012 年 9 月）

墨绿球台置院中，银球飞舞快如风。

农活干罢挥拍练，家务忙完上场疯。

父子同台推吊扣，夫妻共演撇拉冲。

今朝庭院勤切磋，明日乡村添寿星。

贺兰砚

（2012 年 10 月 6 日）

源自崇山峻岭中，精雕细刻朔方风。
质坚色润添书力，墨细毫柔健画工。

（载《塞上诗乡西夏雅韵》第 168 页）

中秋节慰问老寿星

（2012 年 10 月 1 日）

锣鼓喧天礼袋红，欢天喜地笑声盈。
走来当选新村长，乐坏耄耋老寿星。
问暖嘘寒滋肺腑，添福祝贺润心灵。
佳节乡党永尊老，秦汉古风世代承。

赞测绘队员

（2012 年 10 月 6 日）

三伏降烈日，数九战严冬。
下雨当出汗，刮风作乐声。
技高量地快，手巧制图精。
地物桩桩准，坐标个个清。
高程脑里记，水准嵌心中。
世界胸中绘，地球笔下生。
耳旁城镇扩，身后矿山增。
慧眼观天地，我勤百业兴。

地质锤

（2012 年 10 月 6 日）

可心地质锤，今世总相随。
闲可依其坐，忙来大作为。
勘出油气镁，探到铁锌煤。
宝藏添新贵，头功数此锤。

聆听党的十八大报告有感

（2012 年 11 月 8 日）

红船破浪九十年，万里航程非等闲。
昔日工农得解放，今朝百姓幸福连。
旗不变色兴国运，弦未更张稳政权。
建设小康成大业，科学发展伟绩添。

退休

（2013 年 1 月 4 日）

难忘卧龙香水秀，常思金凤艾依灵。
青春岁月朔方洒，浪漫时光天府融。
昔日拉车双脚重，今朝卸任两肩轻。
春风伴我归家路，气清景美太阳红。

（载《夏风》2013 年第 4 期）

看电视剧焦裕禄有感

（2013 年 1 月 4 日）

抗碱泡桐是你栽，防沙风口众人塞。
清风两袖尘不染，热血一腔动地哀。
兰考山河融脑际，乡亲冷暖记心怀。
斯人已去五十载，不尽念思滚滚来。

（载《夏风》2013 年第 4 期）

红宝石婚（古风）

（2013 年 1 月 25 日）

抚今追岁月，屈指四十年。
幸遇六盘下，相知渭水边。
并肩培爱土，携手育情田。
腊月结连理，虎龙相继添。
山城经历练，首府开新篇。
共建幸福地，同描美满天。
齐心挑重担，协力渡难关。
奋斗终停步，歇息卸任还。
身体天天练，饮食日日鲜。
精神先享受，心态总放宽。
晚辈常牵挂，夫妻享乐欢。
康宁吟盛世，福寿养天年。

宝岛行（四首）

（2013年3月）

壬辰岁末访台湾

梦中游宝岛，如愿抵台湾。
共览清潭水，齐登阿里山。
弟兄连血脉，姊妹续情缘。
两岸同先祖，终究赤县天。

阿里山

遍地槟榔树，满坡珠露茶。
山风迎面舞，薄雾峰间爬。

宝岛景色

海洋交汇浪涛急，宝岛南端景色奇。
地火冲出黄土外，珊瑚炼变百褶衣。
猫头仰望南天动，鹅掌轻拨大陆移。
海阔天长连两岸，千秋万代永相依。

淡水情人桥

彩虹跨海两心连，情侣相约大海边。

路远山高无阻挡，风吹雨打爱愈坚。

誓言旦旦天地动，情意绵绵海浪欢。

热恋情人桥上过，并肩携手盼明天。

黄河金岸

（2013 年 5 月）

天生大地，地育长河。

河连金岸，岸起婀娜。

同心回汉，奋力拼搏。

神奇宁夏，美丽中国。

（载《夏风》2013 年第 4 期）

悼航空报国英雄

（2013 年 5 月）

银鹰展翅碧空翔，航母巡洋卫海疆。

沥胆披肝成大事，鞠躬尽瘁保国防。

报国志向航空梦，拼创精神战舰偿。

战士长眠疆场卧，河山垂泪悼罗阳。

（载《夏风》2013 年第 4 期）

参观抗美援朝纪念馆

（2013 年 6 月 5 日）

炮火连天战事急，三军将士步伐齐。
豺狼祸害无宁日，兄弟一心抗美敌。
卧雪爬冰经万苦，同仇敌忾泰山移。
联军百万化泥土，鸭绿江边扬赤旗。

二次创业之际赠友胜兄

（2013 年 6 月 6 日）

苏北书生东北汉，玉泉深造绿江赢。
千元创业长才干，十载摸索正道行。
严管员工人品好，善同客户换心诚。
蓝图宏伟令人醉，誉满神州丹电情。

端午

（2013 年 6 月 12 日）

香囊伴粽香，米酒恋诗芳。

游子佳节望，今夕梦故乡。

小侄新婚

（2013 年 10 月）

征程久远此时开，欣喜幸福伴帅才。

婚宴奏出欢庆曲，礼情意重乐开怀。

两情相悦火花亮，家事和谐福树栽。

合意夫妻齐努力，一心盼望果实来。

（载《夏风》2014 年第 1 期）

中秋短信

（2013 年 9 月）

中秋月似盘，两岸盼团圆。

台海情不断，心声短信传。

嫦娥 3 号送玉兔巡视车登月

（2013 年 11 月）

嫦娥首吻瑶台镜，玉兔初临皓月风。

火眼金睛察秘境，矫足健臂探神宫。

刚哥美酒迎宾客，娥姐轻歌待弟兄。

今日乡亲登月聚，明朝结伴赴新星。

（载《夏风》2014 年第 1 期）

咸中同窗分别四十八年聚会

（2013 年 10 月）

（一）

当年质朴众人夸，活虎生龙意气发。
晨起迎风勤锻炼，夜来发奋苦功抓。
学堂听讲神情聚，课外交流研讨佳。
母校英姿依旧靓，同窗秀发变灰花。

（二）

仲夏惜别半百年，金秋欢聚喜团圆。
弟兄姐妹滔滔叙，地北天南娓娓谈。
事业家庭成长路，老人儿女健康连。
人生苦短时光迅，再次相会定有缘。

（载《夏风》2014 年第 1 期）

紫云华庭

（2013 年 12 月）

紫气东来春雨润，云龙北去夏风吹。

华装靓丽秋添彩，庭院飘雪冬日归。

（载《夏风》2014 年第 1 期）

马年展望

（2014 年 1 月）

银龙传喜讯，金马报佳音。

华夏春来早，神州气象新。

风清霾尽散，气正病难侵。

美丽中国梦，润泽百姓心。

怀念中吟老

（2014 年 3 月）

一

黄水岸边柳，贺兰岭上松。
情牵塞北雨，心系六盘风。
诗似山泉涌，词如溪水清。
今生情未了，来世再吟衷。

二

塞北新苗壮，关中雨露清。
朔方成大业，华夏树秦风。
古韵吟边塞，新声唱凤城。
先生离我去，风范驻心中。

（载《夏风》2014 年第 2 期）

白湖记事（古风）

（2014 年 4 月）

一 搬迁

副帅一声令，大学选址迁。

卧龙难落脚，赣水不容搬。

皖李胸怀阔，肥城母校安[①]。

堂堂科技大，落难在冬天。

二 离京

清晨别玉泉，夜半鸡公山。

正午东湖至，黄昏坐渡船。

顺流行百里，安庆过新年。

不日白湖驻，大学岁月完。

---

① 当年中国科大选址搬迁时，曾选址河南、江西两省，后确定为安徽省合肥市。

三 春节

戊犬新春到，白湖过大年。
各班包饺子，大小不一般。
猪肉葱姜蒜，酱油加醋盐。
虽缺老陕味，吃饱也心甘。

四 开会

会场在营房，座席是睡床。
发言个个厌，表态人人防。
沉闷头发胀，香烟帮我忙[②]。
燃着吸两口，所幸事不长。

五 背粮

南国春日雨，农场路泥泞。
裤腿高膝挽，肩头负重行。

---

② 老师开会发香烟，一支能抽十天。

背回糙米面，中晚早餐成。

干饭加稀饭，同窗师长同。

六 游泳

下地一身土，气憋汗水流。

小河流水净，学友尽情游。

洗尽全身臭，清除脑底愁。

此期何日止，离去勿回头。

七 照相

壁上布一块，墙边凳两方。

灯光昏又暗，照相便开张。

镜框鼻梁架，眼直少目光③。

青春毕业照，满脸写沧桑。

---

③ 当时照相时因为怕反光，摄影师不让我戴眼镜，只戴了镜框，故照片上我的双目无神。

八 分配

耳旁作报告，心底起波澜。

回陕无希望，赴宁到六盘。

十年泾水冽，卅载黄河甜[4]。

回想当年事，依稀在眼前。

④ 1970 年毕业分配时，因没有名额，我未能回陕西老家，被分配到宁夏最南段的位于六盘山下的泾源县，在那里工作 10 年后调到了银川，在自治区某机关工作 30 余年，2013 年退休。

贺西夏诗社成立十年暨《兰山抒怀》出版

（2014年8月8日）

一

岁月悠悠过，时光缓缓流。
坛中读四季，苑内写春秋。
文采胸间涌，墨香纸上留。
梦圆西夏社，诗海任君游。

二

才出西夏社，果献凤凰城。
曲颂新天府，诗吟故地灵。
词说边塞事，歌恋大河情。
老少齐发力，抒怀味更浓。

（载《夏风》2014年第4期）

仲夏蜻蜓

（2014 年 8 月）

轻飞漫舞小精灵，眼亮心明灭害虫。

最是秧苗狂长季，操劳昼夜总不停。

（载《夏风》2014 年第 4 期）

甲午 120 周年感怀

（2014 年 7 月 25 日）

甲午殇思甲午年，剜心刺骨痛胸间。

清廷腐败国孱弱，倭寇猖狂兽性添。

将士捐躯神鬼泣，奸贼媚外辱约签。

赔银割地主权丧，唤醒神州改地天。

（载《夏风》2014 年第 4 期）

潇洒甩长鞭

（2014 年 8 月 20 日）

皮鞭细又长，景致舞中藏。
粗杆身边甩，细梢头上扬。
啪啦雷样响，霹雳电般狂。
暴雨瞬间过，风平复往常。

恭贺陈羽京津新婚

（2014 年 9 月 13 日）

鹏城喜讯凤城传，塞北岭南同乐欢。
小伙心高谋大事，姑娘俊俏好人缘。
并肩共步地天阔，比翼双飞硕果甜。
悦动亲情开宝路，家兴业旺创新园。

怀念张贤亮先生

（2014 年 11 月）

一场大风起祸端，二十二载受熬煎。
雷鸣雾散彩虹现，雨润光泽百果添。
笔走五洲扬赤县，文传四海亮银川。
神州艺苑巨星落，幸有华章存世间。

（载《朔方》2014 年第 11 期）

第三辑

诗吟凤凰城

2015—2017

祝贺宁夏诗词学会毛泽东诗词研究会换届

（2015 年 2 月 6 日）

诗友同心奋力耕，百花争艳沐春风。
更将汗水洒天府，追梦征程硕果丰。

（载《夏风》2015 年第 1 期）

回味满园

（2015 年 2 月）

玉楼金顶靓园林，气势恢宏举世闻。
展览融通中外事，礼仪再现古今文。
民俗馆里民俗问，美味宫中美味寻。
月上兰山歌舞起，喜迎四海五洲人。

（载《朔方》2015 年第 4 期）

谷雨

（2015 年 5 月）

柳絮随鸥舞，杨花伴燕行。

和风拂草绿，细雨润花红。

二战胜利七十周年有感

（2015 年 5 月）

恶魔德意日，杀戮美欧中。

南北烽火起，东西战果丰。

良知生大略，正义退疲兵。

胜利虽七秩，犹防鬼复生。

（载《夏风》2015 年第 3 期）

风筝

（2015 年 6 月）

云薄放纸鸢，风逆上蓝天。

欲向重霄去，奈何有线牵。

读《今日方知我是我》赠怀武兄

（2015 年 3 月 18 日）

春风送暖响风铃，泉水叮咚润友朋。

读史熟知天下事，品文感悟世间情。

曲直已有事实断，正误能经思辨明。

莫叹七十今岁至，笔耕不辍梦终成。

（载《夏风》2015 年第 4 期）

初任会长感言

（2015 年 6 月）

诗友邀吾当会长，千斤重担愧难当。
才疏学浅无灼见，孤陋寡闻欠善方。
师长谆谆勤教诲，同仁事事热心肠。
诗坛沐雨百花盛，学会增光人更忙。

抗战老兵受阅

（2015 年 9 月 9 日）

岁月如歌心底唱，时光荏苒史中留。
赴汤蹈火破敌阵，弹雨枪林端炮楼。
八载征程持久战，一朝胜利泪难收。
红旗漫卷东风舞，喜看三军赛铁流。

（载《夏风》2015 年第 4 期）

西轴风采（二首）

（2015 年 5 月）

高端轴承基地

师傅手艺强，电脑控机床。

指令编程下，执行运转忙。

研磨得镜面，渗碳现精良。

迈步新天地，名牌靓四方。

赞名牌轴承

宁夏轴承靓四方，山南海北美名扬。

上天力助神舟箭，入地凭帮钻杆强。

高铁承运千地乐，电机旋转万家祥。

三次创业开新境，再向重霄展翅翔。

（载《夏风》2015 年第 3 期）

诗二首

（2015 年 8 月 10 日）

（一）百里葡萄长廊

叶翠藤坚果满坡，淡香浓郁任评说。

琼浆玉液朔方酿，无愧神州波尔多。

（二）葡萄美酒醉凤城

贺兰自古果园成，天府今朝美酒红。

暗赤金黄成色靓，浓香淡雅味不同。

蛇龙美乐霜多丽，细酿精藏醉凤城。

中外嘉宾逢塞上，品尝玉液乐心中。

（载《夏风》2015 年第 4 期）

宁夏新十景

（2015 年 8 月 5 日）

六盘烟雨贺兰雪，大漠鸣钟金岸长。
水洞兵沟连古堡，沙湖翠苇鹭鸥藏。
艾依春晓回乡靓，西夏群陵金塔苍。
塞上江南十景现，神奇宁夏美名扬。

怀念李梅青老师

（2015 年 9 月 22 日）

罹疾数载刺心疼，噩耗传来哭痛声。
君似园丁流汗水，我如小树沐春风。
聆听指导入微细，引路关怀获益丰。
不朽灵魂归大海，恩师永在我心中。

绘画

（2015 年 9 月 28 日）

白纸一张清又纯，涂颜添彩注灵魂。
心中打底笔端写，淡雅浓香总醉人。

萧关思古

（2015 年 9 月）

东望长安紫气升，六盘古道响驼声。
皮毛香料关中过，茶叶丝绸境外通。
异域风情传赤县，中华雅颂友邻听。
今朝路带新风起，明日花开硕果丰。

（载《丝绸之路诗词选》第 196 页）

陶艺

（2015 年 9 月 28 日）

陶土一抔渐有形，五颜六色扮妆成。
身经炼烤性格变，溢彩流光万种情。

金秋聚会田园居

（2015 年 10 月 4 日）

半百春秋一瞬间，五十冬夏似昨天。
同窗共享青春梦，结伴齐攀智慧山。
三载苦读别母校，八方奋力育甘甜。
而今退岗田园乐，畅忆当年六五三。

怀念杨惠云副主席

（2015 年 10 月 22 日）

之一

江南生睿女，塞北展英才。
智自心中涌，文从地里来。
情牵山川绿，梦萦云朵白。
今生情未了，来世再开怀。

之二

噩耗传来泪满襟，音容笑貌在吾心。
一生勤俭清风劲，半世操劳理政新。
深入山乡知冷暖，调研院校解迷津。
今朝止步新天府，塞北江南不忘君。

（载《夏风》2015 年第 4 期）

寄语新会员

（2015 年 11 月）

入会随心愿，诗词你我连。
情滋长短句，意润五七言。
齐力夏风劲，同心育果甜。
新苗文苑哺，精品现骚坛。

（载《夏风》2016 年第 3 期）

乙未金秋致马兰荣老师

（2015 年 10 月）

幸沐东风遇我师，作文指点育情思。
文如泉涌说今古，口若悬河唱杜诗。
高考帮吾择志愿，关心引路爱心滋。
咸中毕业五十载，今世今生恩永知。

（载《夏风》2015 年第 4 期）

狮城会面

（2015 年 11 月 4 日）

近平英九同席坐，互道先生兄弟情。

分治何妨融两岸，振兴华夏业终成。

优胜美地印象

（2016 年 3 月）

峰顶皑皑白雪盖，谷中滚滚碧流穿。

山如巨蟒卧湖畔，瀑似飞龙跃岭边。

草绿花秾红木壮，车欢客乐喜庆添。

加州美地观奇景，悦目滋心优胜山。

（载《朔方》2016 年第 11 期）

探亲

（2016 年 3 月）

鼠在松间跳，鸟栖枝上鸣。

房前青草盛，屋后百花秾。

院落春光媚，厅堂喜气盈。

越洋来聚会，老少乐融融。

（载《朔方》2016 年第 11 期）

说句心里话

（2016 年 5 月 20 日）

夙兴夜寐数十年，为党为国心里甜。

身退无忧观世界，心间有感话当前。

倡廉反腐人心望，老虎苍蝇无处钻。

常反“四风”成大业，严实苦干练心丹。

同窗四十六载重聚忆青春时光

（2016 年 3 月）

玉泉[①]岁月似昨天，难忘风华正茂年。
晨起早读勤锻炼，暮习晚练子时还。
笑谈盛夏骄阳酷，何惧严冬冰雪寒。
健体勤学增智慧，青春梦想驻心田。

①中国科大原在北京市玉泉路，1970 年初搬迁至安徽省合肥市。

广场书写者

（2015 年 4 月）

清水写诗篇，凝神意笔端。
竖横留片刻，颜柳记心间。

咏社会主义核心价值观（古风）

（2016 年 5 月 20 日）

改革开放谱新篇，理政强国奋力攀。
法治夯实执政道，自由倍感地天宽。
爱国汇聚正能量，民主平添助力帆。
诚信赢得千户暖，和谐普惠万家安。
文明沐浴百花艳，友善拥生大爱天。
平等激发生智慧，公平公正可移山。
富强引领振兴路，敬业行行出状元。
社会和谐生态美，二十四字力无边。

赠王文华联

（2016 年 5 月 25 日）

文路如清泉，字字珠玑闪亮

华章似锦缎，联联精彩发光

唐徕渠畔夏夜

（2016 年 7 月 18 日）

夜幕落渠边，晚霞染九天。

歌声随乐起，舞步伴歌翩。

健步千姿美，习拳百样欢。

微风拂笑脸，悦动爽心间。

（载《朔方》2016 年第 11 期）

布龙湖采风诗（二首）

（2016年6月2日）

（一）美哉布龙湖

大地嵌明珠，布龙跃世出。

温泉亲圣浴，峡谷见船夫。

草盛驰群马，美餐赞大厨。

游人接踵日，湖畔展新图。

（二）圣洁温泉浴

圣水神泉万古藏，欣逢盛世见阳光。

布龙湖畔养生地，洗浴中心百样汤。

枸杞咸盐芦荟沐，咖啡果醋乳白浆。

安神养血祛风痹，醒脑除湿肌肤香。

成舟一周年祭

（2016年7月）

唢呐声哀涕泗流，板胡如泣泪难收。
音容笑貌心中驻，学友真情永世留。

斥“海牙仲裁”

（2016年7月13日）

南海珍珠九线穿，富饶宝藏惹人馋。
超级山姆常窥视，些小喽啰窃岛滩。
无赖菲夷瞎告状，荒唐仲判吃胡言。
三沙自古神州土，收我岛礁谁敢拦！

（载《朔方》2016年第11期）

贺量子卫星发射成功

（2016 年 8 月 21 日）

墨子升空惊宇宙，人间天上盛东风。

纠缠伙伴传佳讯，密钥同行保太平。

纪念长征胜利八十周年

（2016 年 8 月 2 日）

遭敌困堵倍艰难，血染湘江恸地天。

巧渡赤河除雾障，勇夺遵义亮心间。

金沙铁索舍身取，草地岷山凭志翻。

威武三军相聚日，红星闪烁六盘山。

（载《夏风》2016 年第 3 期）

种子

（2016 年 9 月 25 日）

一颗种子落心田，呵护珍藏半百年。

暖日不及缺雨露，如初完美似从前。

赞郎平率中国女排里约奥运夺冠

（2016 年 8 月 21 日）

当年赛场铁榔头，今日排坛大智谋。

征战里约除险阻，运筹帷幄解难忧。

调兵遣将破敌阵，巧取强攻争上游。

尝胆卧薪十二载，逆天改命占头筹。

相聚清渭楼

（2016 年 9 月 3 日）

笑声清渭楼，细语耳边柔。
夏暑随云去，秋凉伴雨流。
香茶清肺腑，美酒解烦忧。
相聚时虽短，牵挂无尽头。

品诗忆毛公

（2016 年 9 月 9 日）

气势贯河山，胸襟盖宇寰。
情融长短句，意赋五七言。
大爱及吾辈，恩德润万年。
华文流四海，韵律五洲传。

（载《六盘山》2017 年第 2 期）

赞同窗王意超

（2016 年 9 月 19 日）

群主是高人，本行搞水文。

吟诗歌大爱，作曲唱忠魂。

微信同窗聚，“围脖”笔墨勤。

此君何处找，请在群中寻。

沙湖宴

（2016 年 9 月 13 日）

深港亲人到凤城，春风满面笑盈盈。

轻声问候心头暖，可口香茶情意浓。

烧烤全羊席上摆，鲜汤面片碗中盛。

鱼头美味舌尖品，共庆金秋塞上行。

年近古稀感怀（古风）

（2016 年 9 月 16 日）

渭水养吾身，东风沐我心。

玉泉滋体键，米岗见新婚。

塞上新天地，凤城写夏春。

激情心里酿，美丑笔尖分。

伉俪同心度，齐眉敬如宾。

千金实可爱，孙辈绕膝亲。

卌载无遗憾，花甲与岗分。

人虽呈老态，心未近黄昏。

颐养天年乐，安康抵万金。

朔方不遥远，秦地感情深。

亲朋常聚会，老少想温馨。

今日同窗在，吟诗敬长尊。

赠叶元凯赵莲慧老师

（2016 年 9 月 28 日）

江南才子到咸阳，名师名校育栋梁。

伉俪齐心声誉亮，四方桃李酿芬芳。

贺黄河诗词学会成立

（2016 年 9 月 30 日）

塞上骚坛见铁军，诗词曲赋话当今。

贺兰铺纸描华夏，黄水调颜写母亲。

歌赞征途丝路带，联呈梦想祖国春。

今朝号角朔方响，明日凤城硕果芬。

（载《夏风》2016 年第 4 期）

忆五十六年前上叶老师俄语课

（2016 年 9 月 29 日）

母校在吾心，东风浴我身。

初识国外字，难忘卷舌音。

稚嫩习书信，北方觅远亲。

园丁流汗水，牢记到如今。

获赠三本书致张嵩

（2016 年 11 月 5 日）

博览群书眼界宽，勤苦耕耘硕果添。

曲赋诗词歌大爱，散文评论唱河山。

诚心服务意情切，掌管夏风责任先。

塞上骚坛抬望眼，领军人物在身边。

（载《夏风》2016 年第 4 期）

年近古稀赠吾妻雪君（古风）

（2016 年 10 月 28 日）

沪上到人间，宁安伴骏山。

凤城迎豆蔻，泾水润心田。

绿岛逢知己，六盘两女添。

泾源十载尽，快乐返银川。

测绘山川水，管核款物关。

监察维政纪，审计保平安。

建设新天府，卌年把力添。

歌声飞塞上，健体球台边。

迈步人生路，心如大海宽。

古稀牵手度，相敬两心栓。

放下烦人事，新添乐趣欢。

平和诸事顺，希望寄明天。

中国航天六十年

久有巡天梦，今朝上太空。

东方红似火，宇宙响龙声。

华夏长征起，神舟变靓星。

彩云追皓月，伴我住天宫。

（载《夏风》2016 年第 4 期）

读七彩年轮赠正元兄

（2016 年 10 月 25 日）

青春献六盘，贡献在兰山。

古韵说常事，律绝写地天。

诗如堤上柳，曲似岭间泉。

七彩年轮美，激情见笔端。

（载《夏风》2016 年第 4 期）

岩画太阳神

（2016 年 10 月 17 日）

白云岭上飘，端坐半山腰。

火焰燃天府，光芒射九霄。

千年无倦怠，万载有辛劳。

保佑山川壮，德行永世高。

怀念孙中山先生

（2016 年 10 月 29 日）

翠亨领袖生，华夏起东风。

皇帝出宫殿，共和天下兴。

联俄联共产，扶助众农工。

奋斗四十载，终身只为公。

（载《夏风》2016 年第 4 期）

读佳句

（2016 年 12 月 16 日）

一年四季几多情，春夏秋冬无异同。

冷热温柔皆有意，酸甜苦辣润心灵。

喜迎丁酉年

（2017 年 1 月 3 日）

金猴披雪去，彩凤踏春来。

紫气乘风至，雾霾着意排。

宏图双手绘，梦想众心怀。

号角神州响，航船破浪开。

（载《夏风》2017 年第 1 期）

赠董家林

（2017 年 1 月 7 日）

江淮赐董公，塞上见真功。

沥血城乡美，呕心大地青。

诗言发展路，语寄未来兴。

难忘黉门盛，亟期柳坝升。

（载《夏风》2017 年第 1 期）

打铁必须自身硬

（2017 年 1 月 10 日）

反腐勤廉局面新，拍蝇灭虎固乾坤。

谨防美色蚀人祸，何惧金钱铜臭熏。

打铁还须身板硬，担当律己赤诚心。

兵强马壮净门户，放眼神州满目春。

蓝宝石婚

（2017 年 1 月 13 日）

初知香水畔，情悦渭河边。

月夜逐真爱，良辰酿蜜甜。

泾咸千里远，秦沪两心欢。

牵手结连理，幸福度晚年。

怀念汉语拼音之父周有光

（2017 年 1 月 15 日）

老者慈祥百岁长，等身著作酿芬芳。

拉丁字母神州使，汉语拼音赤县扬。

识字学文愚昧扫，听写阅读能力强。

亿万学童当感谢，千古一人周有光。

（载《夏风》2017 年第 1 期）

贺母亲九十寿辰（古风）

（2017 年 2 月 农历正月十六日）

战乱到人间，缺食少戴穿。
娘家属长女，弟妹手足牵。
月老搭红线，魏家遇喜缘。
过门伺老小，一日做三餐。
衣裤棉单被，行针走线全。
清晨先扫院，后晌洗衣衫。
忙里又忙外，逐年子女添。
人多劳力少，倒找用钱难。
遭遇三年祸，摸黑捡菜还。
光阴荏苒过，儿女成婚完。
美满幸福享，增孙心里甜。
一年忙四季，累月不得闲。
体弱招疾患，积劳病痛添。
临床动手术，受罪不一般。
家境逐年好，开销富裕宽。

父亲驾鹤去，老母显孤单。

孙辈成双对，玄孙解恼烦。

八十成过往，米寿平安还。

四代同堂乐，亲朋探望繁。

麻将思维练，纸牌聚友欢。

眨眼光阴逝，九十在本年。

祝福儿女睦，快乐每一天。

体健福如海，开心寿比山。

惊蛰

（2017 年 3 月 8 日）

鸥鹭沐春风，精灵恋水清。

艾依衔阅海，塞上盼雷声。

海宝塔湖观红嘴鸥

（2017 年 4 月 6 日）

翱翔万里憩何处，落脚湖城恋水花。

宝贝欢歌添美景，精灵乐舞靓奇葩。

朔方贵客妇孺爱，兴庆来宾老少夸。

今载相逢难忘却，明年海宝再回家。

咸阳情侣柳

（2017 年 3 月 12 日）

爱侣水边依，柔情目内期。
世间存万物，翠柳亦相惜。

（载《夏风》2017 年第 3 期）

首艘国产航母下水

（2017 年 5 月 8 日）

银鹰恋浪花，巨舰众人夸。
梦里常出现，坞前向海发。
呼啸携弹起，精准把敌杀。
剑指深蓝处，横刀护我家。

（载《夏风》2017 年第 3 期）

六盘梯田

（2017 年 4 月 10 日）

登梯上彩云，健步进天门。
敢问何方客，六盘种地人。

（载《夏风》2017 年第 3 期）

观最强大脑第四季有感

（2017 年 4 月 21 日）

奇才睿智闪光辉，教授评说神采飞。
中外脑王同竞技，人机选手共生威。
魔方速转争分秒，洞窟择途一瞬回。
再战荧屏观五季，最强桂冠却归谁。

（载《夏风》2017 年第 3 期）

贺小女喜得千金

（2017年4月28日）

十月怀胎经困苦，一朝分娩暖心窝。

啼哭响亮来人世，母女平安福满多。

世界首台量子电脑在中国科技大学诞生

（2017年5月10日）

科技大学堂，登攀母校强。

东风传喜讯，量子铸辉煌。

密钥纠缠至，安全粒内藏。

求真谁永在，听我校歌扬。

（载《夏风》2017年第3期）

C919 大飞机首航

（2017 年 5 月 10 日）

银鹰昂首起，展翅九霄翔。

比翼波音舞，并肩空客航。

西东三鼎立，南北五星扬。

喜看蓝天上，穿梭分外忙。

贺西夏诗社公众号诞生

（2017 年 5 月 20 日）

相约公众号，携手唱诗行。

春暖群花艳，秋凉硕果丰。

精耕无倦意，细作定成功。

惬意歌华夏，大家塞上生。

“一带一路”北京峰会

（2017 年 5 月 20 日）

欢腾雁栖湖，共享建通途。

赤县心和梦，环球鼓与呼。

欧非皆有益，亚美俱无输。

路带繁华日，同观世界姝。

蛟龙首潜马里亚纳海沟

（2017 年 5 月 23 日）

蛟龙潜万米，洋底看春秋。

哪有高山顶，何存小鼓丘。

勘查稀物种，探测气环流。

往日迷宫地，今朝亮海沟。

读念妻诗致立义

（2017 年 5 月 29 日）

情真意切感人深，七尺男儿泪满襟。
十载阴阳隔两界，相思端午亮纯真。
人间自古多情痴，世上如今少爱心。
立义亡妻常念恋，堂堂君子令吾尊。

读咸阳凤凰台诗有感

（2017 年 6 月 12 日）

吟诗来仪凤，信步至台前。
旧貌胸中印，新颜眼里添。
乡情萦脑际，秦韵润心田。
梦醒抬头望，凤凰落贺兰。

中国龙

（2017 年 8 月 10 日）

本系世间龙，文明四海行。
推翻皇帝老，赶走列强生。
百姓擎天柱，神州万业兴。
中华昌盛梦，日月永光明。

中国银川花博会

（2017 年 9 月 2 日）

悦海湖边满目春，花博启幕梦成真。
天南贵客凤城至，地北游人塞上奔。
卉盛花荣轴馆靓，水清树碧展园芬。
今朝有幸朔方聚，明载续缘再待君。

和智钧无题诗

（2017 年 8 月 28 日）

难忘古都渭水流，只言片语记乡愁。
东风浩荡咸阳道，朝晖漫洒毕塬头。
秦腔阵阵身边吼，锣鼓声声耳际留。
大厦高楼村后盖，黄牛热炕梦中惆。

无题

王智钧

叶落归根忆旧游，千言万语话乡愁。
星天夏夜凉庭院，柴火冬时热炕头。
几片春云翔绿树，一池秋水饮黄牛。
秦腔大嗓高喉唱，古渡千年渭水流。

教师赞

（2017年9月10日）

之一

讲台三尺阔，黑板巨无边。
粉笔游知海，教鞭领舰船。
释疑明志向，解惑破谜团。
桃李精心育，栋梁遍世间。

之二

责任重如山，嘱托大过天。
耕耘黄土地，奉献美黉园。
燃尽蜡烛泪，育得桃李甜。
今生唯此愿，喜看后生贤。

朱日和阅兵

（2017 年 9 月 12 日）

神州点铁兵，沙场显威风。
统帅一声令，杀敌陆海空。

答华为兄

（2017 年 9 月 18 日）

有幸上辽宁，今生喜事逢。
船头观世界，赞我九州红。

祝贺《塞上诗乡西夏雅韵》出版

（2017 年 9 月 6 日）

荣耀诗乡塞上兴，诗词曲赋唱和声。

贺兰景色添新韵，先祖遗存留雅风。

美酒甘醇闻内外，精工制造誉西东。

图文尽展凤城靓，掩卷清香犹在胸。

灵农稻米香

（2017 年 9 月 18 日）

旱播水育夏春忙，稻穗临秋万亩黄。

雨润风拂灵气聚，米香胜过小东洋。

（载《夏风》2017 年第 4 期）

喜看银川车让人

（2017 年 9 月 23 日）

凤城气象新，首府暖如春。

妇幼出行缓，妪翁脚步沉。

司机存友善，车辆让行人。

挥手真诚谢，温情互爱心。

（载《夏风》2017 年第 4 期）

中秋寄语《夏风》诗友

（2017 年 10 月 4 日）

中秋月正明，天府蕴诗声。

汉韵描天净，唐风绘地清。

贺兰晴雪壮，大漠绿洲兴。

古辈吟边塞，吾侪唱夏风。

（载《夏风》2017 年第 4 期）

群中放歌

（2017 年 10 月）

风在呢喃谁在听，群中伙伴亮心声。

歌优曲美齐称赞，字正腔圆享乐中。

有机米赞

（2017 年 10 月）

苗依金岸长，穗傍贺兰生。

夜饮黄河水，晨拂塞上风。

田肥鱼蟹壮，土沃稻粮丰。

剔透晶莹米，香飘万户中。

欢庆十九大召开

（2017 年 10 月）

神州生异彩，赤县响雷声。
猎猎东风劲，堂堂道路清。
红旗明导向，北斗指航程。
开创新时代，全球仰慕中。

（载《夏风》2017 年第 4 期）

学会出齐十二部诗集

（2017 年 10 月）

三座高峰奋力攀，朔方大地果实鲜。
诗词雅韵香文苑，曲赋欢歌芳世间。
吟长情深描锦绣，方家意切绘山川。
骚坛诗友同发力，再创辉煌塞上添。

（载《夏风》2017 年第 4 期）

美哉班群

（2017年10月20日）

一声问候心头暖，三载友情群里说。
望旺领衔生睿智，同窗响应起涛波。
歌声优美人舒坦，照片清新润眼窝。
更有诗篇添美意，古稀翁媪乐欢多。

鱼儿乐

（2017年10月）

池阔塘宽自在游，虾香草美饭无忧。
渔夫水里撒渔网，高手锅边候我投。
智慧逃生出妙计，摇头摆尾勿停留。
姐妹弟兄开颜笑，食客囊空泪眼愁。

（载《夏风》2017年第4期）

祝贺征鑫参赛

（2017 年 10 月 28 日）

携手马拉松，并肩庆赛赢。

青春多靓丽，前景特光明。

咸中足球夺冠

（2017 年 10 月 30 日）

绿茵夺冠校园欢，三位功臣在我班。

西岭坚强钢后卫，长山勇猛铁前边。

万臣把守家门闭，对手轮番难破关。

校长赞扬奖烧肉，菜香味美暖心间。

还看今朝·宁夏篇观感

（2017年10月16日）

贺兰美酒众人夸，天府滩羊肉质佳。
枸杞养生游客赞，小吃美味手机刷。
渣炕巨变观星海，大漠换颜绿退沙。
煤制原油惊世界，光伏发电富千家。
扶贫精准见成效，帮困有方万户发。
金岸带来新景象，城乡尽放幸福花。
天蓝地净白云绕，稻旺水清育蟹虾。
智慧银川出塞上，神奇宁夏亮奇葩。

重阳思亲

（2017 年 10 月 28 日）

又到深秋万树黄，金光灿灿九重阳。

岁岁年年今日泪，隔山跨水想爹娘。

咸阳市建成文明城市

（2017 年 12 月 6 日）

古城旧貌藏心底，童趣乡愁印脑中。

密果临街添美景，民心淳朴似春风。

秦都步入文明列，故土辉煌紫气升。

百姓颜开红运到，弟兄乡党变福星。

大舅夫妇重阳登华山

（2017 年 10 月 28 日）

重阳登上华山峰，路险风高秋色浓。
岁已古稀身板硬，精神矍铄越八零。

祝二姐夫八十大寿

（2017 年 12 月 20 日）

岁至八旬体态轻，年值耄耋沐春风。
儿孙共祝永康健，俏妻陪伴爱意升。
颐养天年观世界，遨游股海乐其中。
鹏城塞上不遥远，南北亲朋贺寿星。

冬至感怀

（2017 年 12 月 22 日）

不嫌白昼短，但见友情长。
四季轮回转，温馨久远藏。

赞厚斌果园

（2017 年 12 月 20 日）

小院绿如茵，华庭四季新。
春来花艳丽，秋至果实芬。
叶弱施肥浅，枝干淌水深。
耕耘不叫苦，收获醉人心。

神奇汉字

（2017 年 12 月 28 日）

中国方块字，世界数一流。

会意传情感，闻声去恼愁。

单独成妙画，连篇美言留。

千载文明筑，辉煌看九州。

（载《夏风》2018 年第 1 期）

盐池长城关

（2017 年 12 月 29 日）

万里长城唯此关，东临大漠守山川。

墙边盛产羊和草，池内丰藏硝与盐。

遍地光伏千户富，连天风电万家欢。

花红树绿连湖水，百姓平安享裕宽。

宁夏游（古风）

（2017 年 12 月 31 日）

塞上江南旅，神奇宁夏行。
六盘镶绿岛，骏马恋长城。
宁卫果园盛，朔方麦稻丰。
硒瓜名世界，枸杞显神功。
长枣甜香脆，裘皮松暖轻。
湖泊连水系，天府阡陌通。
水洞沟怀古，沙坡头响钟。
黄沙陪古渡，地下巧藏兵。
冲浪腾格里，泛舟苇荡中。
观石星海畔，赏画贺兰峰。
金塔王陵现，猎奇影视城。
葡萄生美景，玉液挂杯停。
朝饮长河水，夕听大漠风。
长词吟古韵，短句唱新声。
天府滋回汉，花儿颂救星。
感怀西夏事，尽享北国情。

第四辑

放歌新天府

2018—2020

深圳

（2018年1月5日）

伴海沉千载，隔空望港湾。
京城图纸动，小镇地天翻。
效率成生命，时间胜美元。
鹏程八万里，巨变四十年。

（载《夏风》2018年第1期）

羊杂小店

（2018年1月5日）

智慧餐厅嘉苑藏，明厨亮灶放心尝。
山珍海味咱不做，塞上独家特色香。

（载《夏风》2018年第1期）

恋人

（2018 年 1 月 30 日）

挂念生温暖，相思递爱情。

开心传力量，牵手向前行。

赞洲际密钥分发成功

（2018 年 1 月 21 日）

墨子贯长空，苍穹亮智星。

纠缠牵万里，密钥立奇功。

建伟强团队，攻关践校风。

崎岖登顶路，科大勇先锋。

（载《夏风》2018 年第 1 期）

致学友建平松枝夫妇

（2018 年 1 月 31 日）

悠闲居海岛，惬意享娇阳。

笔绘风情美，诗描画意长。

天南学长靓，地北小弟苍。

何日咸阳聚，见面诉衷肠。

喜迎戊戌新春

（2018 年 1 月 30 日）

振翅雄鸡昂首唱，疾驰瑞犬送吉祥。

骚坛老友吟声亮，艺苑同仁唱和忙。

曲曲新歌含久远，联联古韵展前方。

蜡梅怒放隆冬尽，桃李盛开待暖阳。

（载《夏风》2018 年第 1 期）

看豆豆朗诵

（2018 年 2 月 9 日）

台上吟诗唱，开腔亮嗓甜。

神情观众赞，表演入心田。

蓝宝石婚之二

（2018 年 2 月 12 日）

塞上古稀临，湖城美酒醇。

泾河生爱恋，渭水定终身。

米岗甘甜享，兰山见炽心。

相濡翁妪伴，卌五望金婚。

（载《夏风》2018 年第 1 期）

再咏蜡梅

（2018年3月5日）

诗吟君子美，曲赞傲霜寒。

铁骨肌肤瘦，清香万世传。

（载《夏风》2018年第1期）

赠文武需先生

（2018年4月3日）

六盘山下几春秋，泾水源头岁月稠。

越岭翻梁医痛患，走村串队解疷忧。

查房治病凭医术，救死扶伤大爱留。

人命关天责任重，拉车奉献老黄牛。

健康大作战

（2018 年 2 月 5）

健走赢回力，平安送祝福。
新春逢喜事，迈步入新途。

七十随感

（2018 年 2 月 6 日）

少小离家住校园，走出科大到边关。
甘酸苦辣皆尝尽，酷暑严寒只等闲。
职场拼搏谋大事，诗坛咏唱润心田。
古稀尤恋咸阳水，畅饮一杯比蜜甜。

（载《夏风》2018 年第 1 期）

圆梦喜讯报泽东

（2018 年 3 月 12 日）

一

赤县春雷响，神州紫气升。
扬帆十九大，破浪有明灯。
反腐不停步，勤廉百业兴。
人民存壮志，领袖指航程。

二

巨眼观寰宇，神舟探太空。
悟空查暗物，墨子送聆听。
下海蛟龙勇，巡天进秘宫。
海滨良港现，高铁百城通。

三

绿水依山冈，白云恋碧空。
乡村妆美丽，贫祛富饶生。

阡陌呈新貌，畜肥五谷丰。

幸福心里溢，雨露惠民生。

四

路带连邻里，亚欧共享中。

和谐成友谊，大爱促和平。

宝岛心牵挂，统一企盼成。

湾区兴港澳，笑脸映春风。

五

使命担肩上，初心永在胸。

红旗格外靓，道路放光明。

奋斗不停步，长征建伟功。

复兴圆梦日，喜讯报泽东。

（载《夏风》2018 年第 2 期）

忆 6544

（2018 年 3 月 18 日）

地北天南汇玉泉，离别故土闯新园。
方言表意怎听懂，语改京腔克万难。
夹被薄衣不抵冷，捐棉聚暖御风寒。
手足兄弟心相近，和睦班级校系传。

贺富林兄荣列名医

（2018 年 3 月 24 日）

半百时光奉杏林，悬壶济世惠乡亲。
听诊恙痛除邪痹，望切疷疾祛病根。
古渡经年神脉在，秦都跃世九州闻。
东风永续毕塬赞，荣耀名医青史存。

中国科大成立六十周年

（2018 年 4 月 8 日）

办学所系联，创业六十年。

旗帜玉泉举，劲风金寨延。

高峰逐日长，科技与时攀。

学府神州立，报国永领先。

（载《夏风》2018 年第 2 期）

咸阳古桥遗址

（2018 年 4 月 11 日）

渭水千年淌，大秦古道长。

坚桥河上架，马跑土尘扬。

世代烟云过，辉煌史里藏。

时光如利剑，桩腐立河床。

合肥聚会随感

（2018年4月12日）

同饮玉泉水，共游八宝山。

倾心听大课，智慧解谜团。

流汗凿河地，挥花广场前。

青春连伟业，壮志克难关。

无奈“文革”至，黯然迁校园。

白湖学业毕，沧海育桑田。

金寨见新校，吾侪快乐添。

畅言别离苦，尽享聚欢甜。

（载《夏风》2018年第2期）

观黄胄画驴

（2018 年 4 月 12 日）

名家用墨贵如金，浓淡相宜形象真。

画笔寥寥皆趣味，张弛有度雅俗分。

（载《夏风》2018 年第 2 期）

南海阅兵

（2018 年 4 月 13 日）

战艇集南海，国威震五洲。

和平新舰队，航母站排头。

统帅施军令，鱼鹰竞自由。

兵强为守土，将帅尽风流。

（载《夏风》2018 年第 2 期）

戊戌端午

（2018 年 6 月 18 日）

门边插艾草，鼻孔点雄黄。

怀里香囊佩，口中蜜粽尝。

江南观竞渡，塞北品糕香。

游子思乡切，亲人体可康。

参观白公馆渣滓洞

（2018 年 4 月 22 日）

歌乐山中魔窟藏，红岩志士斗豺狼。

酷刑百种摧身废，妙策千条健体强。

大义凛然神鬼泣，铮铮铁骨气轩昂。

忽闻解放炮声响，密绣红旗喜若狂。

（载《夏风》2018 年第 2 期）

点宝周岁

（2018 年 4 月 28 日）

四月二十八，花添贾魏家。
幸得娘母乳，更喜果鱼虾。
眨眼一年至，庆生手上抓。
天真吾倍喜，可爱众人夸。

赠闫晓莉

（2018 年 5 月 10 日）

当年杠上翻，倩影靓三班。
漫漫人生路，孜孜智慧添。
终圆天使梦，奉献古长安。
莫道桑榆晚，彩霞映满天。

观鹰的重生有感

（2018 年 5 月 26 日）

翱翔万里喜长风，展翅搏击恋碧空。
卌载生涯难坎至，百天重塑涅槃中。
弃啄断爪拔陈羽，换骨脱胎又降生。
再上苍穹瞰大地，山南海北任西东。

老同志参观玉泉营农场

（2018 年 5 月 31 日）

贺兰山下玉泉营，农垦明星耀凤城。
瓜果奶香迎贵客，葡萄美酒待亲朋。
老翁喜悦观风景，媪妪开怀看大棚。
塞上农庄新气象，葱茏满目场园兴。

楹联三则

（2018 年 6 月 6 日）

大漠雄浑，六盘伟岸，风拂雨润草林密

朔方凤舞，塞上凰鸣，国泰民安紫气升

湖清苇壮，土厚稻香，神奇塞上风光秀

市镇繁华，乡村兴旺，美丽朔方百业兴

高原染绿，金岸流星，青山碧水白云绕

天府增辉，湖城悦动，气正风清惬意听

纪委监委合署办公

（2018年6月24日）

体制革新越万难，监督重任压双肩。
清风刚劲驱霾雾，利剑高悬治腐贪。
铁面无私执法纪，忠心赤胆护蓝天。
人民利益如山重，红色江山世代传。

塞上新天府

（2018年6月24日）

大漠雄浑披草网，六盘伟岸育林青。
朔方凤舞山川翠，塞上凰鸣大地葱。
金岸平添亲水景，高原又见果粮丰。
青山绿水白云绕，天府风轻惬意听。

（载《朔方》2018年第9期）

盲文手语国家标准发布

（2018 年 6 月 25 日）

聋人观手语，瞽者触盲文。

媒介识天地，交流恋友亲。

同城无障碍，异地有遵循。

普惠神州振，和谐抵万金。

听歌随感

（2018 年 7 月 1 日）

初上歌坛难过关，纯腔亮嗓勇登攀。

练习百遍成一曲，发送三则倍感甜。

好友关心齐点赞，亲朋祝贺献花繁。

彷徨忐忑怎答谢，声茂情真更胜前。

七一参加小合唱有感

（2018 年 7 月 8 日）

歌声嘹亮感情真，纪检老兵表赤心。
奉献多年无愧憾，休息数载续青春。
读书写字赢时代，漫步吟诗健自身。
一曲红歌扬正气，不忘初心颂党恩。

竹林听雨

（2018 年 7 月 10 日）

竹林听小雨，漫步暖心房。
携手神仙境，并肩爱意长。
齐眉尤渴望，举案梦中藏。
一曲江南调，呢喃在耳旁。

观金蝉脱壳

（2018 年 7 月 18 日）

万物循规律，生灵概亦然。

成熟遭坎坷，长大克艰难。

涌动身出壳，挣脱桎梏欢。

鼓膜鸣夏夜，展翅上蓝天。

观北塔湖拍荷

（2018 年 7 月 26 日）

青莲陪水绿，菡萏映天红。

宝塔扶云立，拱桥踏浪横。

回廊湖面展，广场舞歌行。

盛夏花色艳，金秋玉臂丰。

祝雪君荣获双第一

（2018 年 7 月 28 日）

今日雪君发《草原之夜》荣获《全民 K 歌》日榜和总榜双第一。

草原星夜美，歌手抒情怀。
一曲飞峰顶，鲜花点赞来。

六秩耕耘换容颜

（2018 年 8 月 15 日）

自力更生改地天，八方援助促登攀。
城乡跃动呈新貌，市镇勃发弃旧颜。
六秩耕耘人气旺，脱贫致富敢为先。
汉回携手前程阔，华夏明珠靓世间。

（载《朔方》2018 年第 9 期）

宁夏诗词学会成立三十周年

（2018 年 8 月 18 日）

艺苑花香紫气升，骚坛果硕乐心中。
诗词尽展千般秀，曲赋飞歌万种情。
平仄律绝描壮丽，长词短句写恢弘。
新苗老树齐发力，再展宏图壮夏风。

（载《夏风》2018 年第 3 期）

首个“中国医师节”

（2018 年 8 月 19 日）

白衣使者佑尊严，关爱健康防在先。
问切望闻查病患，触听检验探疾源。
安全用药除疼痛，救死扶伤顶地天。
奉献终生拥大爱，耕耘杏苑乐无边。

（载《夏风》2018 年第 4 期）

《夏风》创刊三十周年

（2018 年 8 月 20 日）

塞上骚坛唱夏风，诗词曲赋竞出征。
平平仄仄旧新韵，短短长长今古声。
句句抒发心里美，联联吟诵目中情。
今朝大地百花艳，明日神州硕果丰。

（载《夏风》2018 年第 3 期）

听雪君唱天边

（2018 年 8 月 23 日）

蹉跎岁月憾事传，爱侣无缘美梦残。
故事缠绵魂魄动，情节婉转祝梁般。
七旬老者放声唱，意切情真寄草原。
曲雅词优滋肺腑，声纯嗓亮润心田。

观世福书法

（2018 年 9 月 24 日）

浪漫唱中秋，豪情隶体收。

耄耋才艺靓，浓淡墨香留。

小平您好

（2018 年 8 月 25 日）

沐雨栉风跃卌秋，一声问候暖心头。

岭南小镇地天阔，塞北山乡绿野畴。

回首当年皆感慨，纵观今载旺神州。

齐心迈步新时代，明日复兴志必酬。

（载《夏风》2018 年第 4 期）

贺瑞田伉俪金婚

（2018 年 9 月 15 日）

相濡以沫五十载，举案齐眉半百年。

比翼双飞鸣塞上，并枝连理享甘甜。

宁夏回族自治区六秩华诞

（2018 年 9 月 3 日）

辉煌一甲子，奋斗六十年。

地覆呈新貌，天翻弃旧颜。

山川携手进，回汉并肩攀。

迈步新时代，明珠异彩添。

（载《夏风》2018 年第 4 期）

秋游

（2018 年 9 月 18 日）

池边拾韵句，垄上采诗章。

佐酒轻音伴，媪翁悦晚香。

首个“中国农民丰收节”

（2018 年 9 月 22 日）

九州农事旺，五谷酿沉香。

蜜果千家挂，棉油万户藏。

种田不纳税，村改住新房。

大地黄金染，庆丰喜若狂。

（载《夏风》2018 年第 4 期）

贺赤英成挺书画获奖

（2018 年 9 月 20 日）

菡萏无瑕道理真，一书一画见精神。

媪翁未减当年艺，笔墨功夫透纸深。

两秋思念

（2018 年 9 月 24 日）

零时均昼夜，此刻暑寒平。

皓月随人意，两秋念晚情。

同窗千里远，学友寸间逢。

塞北关中望，凤凰栖两城。

本命年

（2018 年 9 月 28 日）

马乱兵荒到世间，天真烂漫度童年。
东风雨露青春伴，关外关中奋力攀。
三尺讲台风采靓，卌年解惑栋梁添。
欣逢盛世古稀越，乐享桑榆福满天。

聆听习近平重要讲话有感

（2019 年 1 月 2 日）

海峡万丈深，两岸岂能分。
自古胞兄弟，如今骨肉亲。
“台独”成祸害，促统系真心。
明日东方望，扬眉赤县孙。

重温入党誓词

（2019 年 1 月 2 日）

挺立党旗前，铿锵吐誓言。

初衷难忘记，信仰刻心间。

奋斗不停步，冲锋永在先。

终身为百姓，奉献乐无边。

诗王争霸

（2019 年 1 月 16 日）

千人海选露锋芒，一季比拼见弱强。

历代名联出笔下，方家警句汇成章。

择辞速唱飞花令，觅字巧接龙尾长。

十岁姑娘惊四座，宇瑄登顶冠诗王。

（载《夏风》2019 年第 1 期）

想念的滋味读后遐想

（2019 年 3 月 10 日）

心中惦女神，脸上见愁云。

睹物思柔语，聊天慰恋人。

轻声传暖意，近照亦牵魂。

盼望明天聚，不得念更深。

贺优秀诗人荣获奖章

（2019 年 1 月 30 日）

卅载骚坛喜事连，夏风春雨润心田。

辰龙举起诗词帜，戊犬欣尝硕果甜。

多彩诗人文路阔，辛劳作者构思严。

新枝老干齐发力，再吐心声庆卅年。

（载《夏风》2019 年第 1 期）

美照

（2019 年 2 月 12 日）

春水绿如蓝，桃花映眼帘。

谁人江畔坐，赏景笑开颜。

年关飞雪

（2019 年 2 月 2 日）

旺犬大寒催，金猪腊月追。

年关逐日近，岁末雪花飞。

楼宇呈银色，亭台现玉辉。

隆冬寻意韵，观景觅诗归。

（载《夏风》2019 年第 1 期）

赞两位老友写春联

（2019 年 2 月 1 日）

红纸书福字，激情送美言。
戊戌成旧岁，己亥唤新年。
老友泼香墨，后生纳对联。
吉祥贴户外，好运见天连。

（载《夏风》2019 年第 1 期）

年夜饭

（2019 年 2 月 12 日）

色香味美满桌餐，肉蛋鱼虾惹嘴馋。
饕餮顺延今载乐，举杯企盼翌年欢。

喜鹊

（2019 年 3 月 10 日）

乐住凤凰城，朝夕伴典农。
筑巢择大树，育女选华庭。
颂喜千家乐，鸣祥万户迎。
荣光当市鸟，老少爱精灵。

老茧

（2019 年 2 月 15 日）

春夏秋冬四季连，耕云播雨怎得闲。
清明点豆栽瓜菜，二暑耘苗弄麦镰。
捕蟹捉鱼藏谷稻，积肥灌水整农田。
农家子弟伸双掌，老茧千层入眼帘。

（载《夏风》2019 年第 2 期）

智钧兄赠书

（2019 年 3 月 10 日）

绝律自燕京，诗香漫凤城。

丙申悉步韵，丁酉抒豪情。

夜幕留心语，晨曦练笔功。

辛勤能补拙，禀赋唤文精。

贺咸阳女孩陈更诗词大会第四季夺冠

（2019 年 2 月 19 日）

沣河生俊女，渭水育英才。

四季临诗会，十番上舞台。

秦都知古韵，学府恋书斋。

打擂成功日，乡亲点赞来。

（载《夏风》2019 年第 1 期）

品香茗

（2019 年 3 月 20 日）

透亮醇香似玉琼，功夫器皿满亲情。

汤清味美心尤爽，沁腑馨甘神愈宁。

看纪录片《路遥》有感

（2019 年 2 月 28 日）

出自穷山旧土窑，寄人篱下怨难消。

求知似渴游书海，写作如泉命可抛。

世界平凡存大志，人生困苦练奇招。

高天厚土英才育，震撼文坛数路遥。

（载《夏风》2019 年第 1 期）

诗教第一课有感

（2019 年 3 月 20 日）

诗词进校园，经典永流传。
自幼吟名句，人初诵警言。
律绝增胆气，曲赋润心田。
腹有诗书卷，美哉众少年。

（载《夏风》2019 年第 2 期）

湖城之春观赏红嘴鸥

（2019 年 3 月 26 日）

去岁湖城舞，今春海宝鸣。
飞翔滑碧水，展翅上长空。
笑脸迎宾客，觅食悦媪翁。
蓝天留健影，北塔伴精灵。

看文献片《守望家风》随感

（2019 年 3 月 25 日）

华夏五千年，文明世代延。
清廉为百姓，勤俭治家园。
众利须全力，孝忠难两全。
共享中国梦，家风永续传。

（载《夏风》2019 年第 2 期）

凤城清明

（2019 年 4 月 5 日）

鹅黄陪杏李，柳绿伴梨花。
碧水迎红嘴，微波荡小鸭。
天清人涌动，地静鹊鸣喳。
金凤乘风起，湖城靓我家。

小侄雅居

（2019 年 4 月 12 日）

鲜花着意放，彩鸟可心鸣。

盆景生朝气，枝头映月明。

生活红似火，小院幸福盈。

雅趣增春色，家和万事成。

难忘当年的我们

——致克云、新林

（2019 年 4 月 17 日）

龙飞凤舞笑颜开，孙辈清新似我侪。

不悔青春科大度，更觉感慨满胸怀。

少年志远报国梦，五载时光心底埋。

无奈当初金寨去，何时再见玉泉来。

中国海军七秩生日

（2019 年 4 月 23 日）

银鹰矫健舞蓝天，舰艇如鲸水底穿。

陆战队员登岸速，快船补给到身边。

天罗地网雷达转，万弹齐发敌阵翻。

近海远洋航母在，神舷守土慰祖先。

（载《夏风》2019 年第 2 期）

小弟参加社区球赛

（2019 年 4 月 28 日）

一件薄衫靓浅蓝，生龙活虎帅球员。

赛场拼搏不退让，切磋技艺共钻研。

乒乓运动精神爽，锻炼身心筋骨坚。

莫道社区观众少，挥拍上阵享欣欢。

灵州枣园

（2019 年 5 月 1 日）

云淡气清览果园，灵州宝地正春天。

百年古树新枝壮，芽嫩秆粗待枣繁。

（载《夏风》2019 年第 3 期）

新长征

（2019 年 5 月 10 日）

大漠苍茫欲问天，南洋浩瀚见船帆。

五星耀眼天宫外，量子纠缠京沪间。

高铁连接通市镇，银鹰起落贯山川。

复兴大业征程远，梦想成真告祖先。

夜游咸阳古渡廊桥

（2019 年 5 月 25 日）

轻风拂渭水，厚土育咸阳。

武士开疆界，英才佑始皇。

关中八百里，德善万年长。

清谓楼边望，秦都与日强。

北京世园会

（2019 年 5 月 25 日）

妫水岸边逢，长城脚下兴。

缤纷精品见，园艺慰亲朋。

盛会京城举，五洲贵客迎。

东方生紫气，万物地天融。

想起当年高考

（2019 年 6 月 7 日）

当年高考暑天至，大汗淋漓试卷湿。
院校精挑填志愿，勤学苦练渴求知。
干粮当饭三餐饱，开水泡馍咸菜食。
六载寒窗何以报，金秋科大入学时。

赞闽宁镇

（2019 年 6 月 13 日）

东西互助弟兄情，精准帮扶看闽宁。
美酒流香滋沃土，红莓保健靓温棚。
打工守在家门口，创业无须上沪京。
廿载耕耘结硕果，千家致富甩贫穷。

（载《夏风》2020 年第 3 期）

卢沟桥事变八十二周年感怀

（2019 年 7 月 7 日）

宛平枪响震神州，四亿同胞昂起头。

南北齐心杀日寇，军民共忾灭敌仇。

弟兄携手金能断，国共并肩地可收。

抗战艰辛垂史册，驱倭伟业耀千秋。

读札记赠立义

（2019 年 7 月 15 日）

札记自咸阳，专邮塞上藏。

诗歌描景致，游记话沧桑。

父母常思念，同窗挂肚肠。

图文着意配，吟罢味悠长。

观子曦演奏洞庭新歌

（2019 年 7 月 16 日）

洞庭鱼丰盛，朱雀赞声高。

手落烟波起，指拨雾障消。

渔舟轻唱晚，菡萏喜迎朝。

古曲吟湘美，新歌颂舜尧。

塞上古渠美

（2019 年 7 月 26 日）

水面卧长龙，神河起彩虹。

七星培杞壮，美利育粮丰。

秦汉滋宁卫，唐徕润凤城。

古渠存雅韵，万代朔方盈。

（载《夏风》2019 年第 3 期）

李家寨拆迁

（2019 年 8 月 26 日）

村兴几百年，寨毁数十天。
亲友八方散，邻居四处搬。
房屋成瓦砾，树木变柴干。
悲壮心中记，乡愁梦里牵。

金沙湾

（2019 年 8 月 28 日）

贺兰生紫气，峡口起祥云。
照壁铭国史，神坛祭母魂。
农耕华夏旺，哲理九州存。
景致金沙聚，梳妆待贵人。

看国庆阅兵有感

（2019 年 10 月 2 日）

东风浩荡震长空，长剑出击亮利锋。
装甲摧坚敌阵破，银鹰布弹固防崩。
红旗舰艇无拦阻，巨浪歼机起烈风。
威武之师惊世界，精兵重器卫保平。

（载《夏风》2020 年第 4 期）

采桑子·战旗红

（2019 年 10 月 2 日）

战旗百面迎风展。岁岁鲜红，今更鲜红，先烈万千血染成。

铁流滚滚精兵在。前辈英雄，后代英雄，听党指挥仗打赢。

（载《夏风》2020 年第 4 期）

老友学画

（2019 年 10 月 21 日）

腹有诗书气自华，胸藏万卷绽奇葩。

情牵大地描风雨，眼放山河绘百花。

赤线青丝织锦绣，色浓墨淡写朝霞。

桑榆虽晚存心愿，苦练勤学成大家。

贺西夏区荣获中华诗词之乡称号

（2019 年 11 月 16 日）

首府文明起夏风，兰山脚下建奇功。

师生共咏学经典，游客同读阅秀峰。

街道常闻吟曲汉，军营总遇诵诗兵。

一方领唱八方和，塞上欢歌赤县听。

祭父（古风）

（2019 年 12 月 31 日）

今年是父亲去世三十周年，父亲一生辛劳勤俭，敦厚敬业，为公为家，深受众尊。特撰此文，寄托哀思。

父信吾瑰宝，珍藏过卌年。手书刚满页，爱意现文间。
一瞬三十载，阴阳界两边。毛发依父母，血脉溯根源。
队伍扎村寨，一军到世间。兵荒加马乱，缺粮野菜填。
童心留烙印，浪费罪如天。幼小学识字，读书比蜜甜。
聪明人喜爱，憨厚自家欢。睿智知文意，机灵爱算盘。
好苗茁壮长，众望寄双肩。学罢进纱厂，挣得卖力钱。
二十迎大事，婚嫁到眼前。喜娶贺氏女，温馨筑港湾。
多孩接踵降，快乐幸福添。祖父因疾逝，家中顶柱坍。
年轻挑重担，撑起魏家天。春种连忙夏，秋收晒谷干。
孝心待长辈，和睦友邻欢。战事飞捷报，咸阳地覆翻。
春风拂渭水，雨露润秦川。解放身心健，亲情土改牵。
查田接定产，互助暖人间。入党开新路，益民走在先。

领头当主任，社里创非凡。成立高级社，理财会计担。

红旗三面展，公社建平原。调任开商店，供销货路宽。

经营刚两月，返队再出山。正月不休假，元宵整麦田。

三年遭困难，吃饭米汤端。奉命搜粮囤，真藏假乱翻。

麦存乡党柜，巧过夜查关。周末积肥粪，拉车厂厕边。

爬坡凭父力，长子拽绳单。儿女上学校，报名似过关。

人多劳力少，岁岁总缺钱。忍痛卖白面，得钱费用添。

数年当会计，遵纪队为先。决算年年搞，算盘彻夜欢。

年终多报表，准确按时填。统计评先进，表扬获奖繁。

五陵信用社，老父干多年。账目天天对，取存日日连。

灵活又便利，老少俱开颜。社教安全度，“文革”只等闲。

老来孙辈众，尽孝绕膝前。呼唤房中立，关怀嘱善言。

一生无嗜好，只是喜抽烟。此事伤身体，招来恶病缠。

省城名院住，确诊治疗难。买药帮室友，人夸好病员。

大夫虽尽力，无奈难回天。寿享六十四，惋惜逝宇寰。

亲人常祭奠，乡党盼魂还。忆父平生事，桩桩在眼前。

声音存脑际，容貌印心田。做事持忠厚，五陵好党员。

教儿学处世，教诲意绵绵。儿女立新户，各家紧相连。

老妈勤照顾，冷暖惦心间。病患及时治，常陪解恼烦。

言传身亦教，努力建家园。思念心中刻，感恩似涌泉。

安息歇毕郢，枕水永长眠。松柏年年旺，家风代代传。

楹联

——咸阳古渡

轲载文明通世界

舟携友谊抵咸阳

驼队西征咸阳首站添脚力

船帆东去古渡始发载波流

秦风汉韵唐音咏诵辉煌古渡

毕郢峻山渭水欢歌德善咸阳

钟南山疫区行

（2020 年 2 月 6 日）

院士耄耋龄，临危武汉行。

死生置度外，病患在心中。

（载《夏风》2020 年第 1 期）

鼠年展望

（2020 年 1 月 4 日）

己亥交班庚子接，川流岁月永不歇。

春秋冬夏创宏业，南北西东报喜帖。

万水千山容貌改，五湖四海友朋结。

小康社会神州现，圆梦兴国首战捷。

（载《夏风》2020 年第 1 期）

台历

（2020 年 1 月 1 日）

新年宝贝自燕京，睹物思人念友情。

岁月沧桑山海在，红旗世代有人擎。

观中国诗词大会第五季

（2020 年 2 月 6 日）

荧屏又起品诗风，各路英才聚北京。

六岁孩童灵似箭，八旬老妪稳如松。

夫妻共座析词义，父子同台辩句声。

经典流传国运旺，人心守望盼中兴。

（载《夏风》2020 年第 1 期）

赞人民解放军赴湖北抗击肺炎

（2020 年 2 月 7 日）

号令自京城，千家闭户封。
江城风雨骤，楚地疫魔凶。
天使医疾患，乡亲唤救星。
瘟神无处遁，巧手建奇功。

（载《夏风》2020 年第 1 期）

读写咸阳的诗词有感

（2020 年 2 月 12 日）

秦都历史数千年，骚客文人诗涌泉。
渭水东奔无日夜，咸阳经典永流传。

抗疫英模获表彰

（2020 年 3 月 6 日）

百杆红旗楚地扬，万名天使铸铜墙。
红心赤胆歼妖孽，试问瘟神何处藏！

咸阳统一广场感怀

（2020 年 3 月 18 日）

始皇征战诸雄灭，功过千秋今古说。
郡县安邦华夏稳，车文量度大同歌。
长城御敌坚如铁，直道输兵快似梭。
渭水不息经日月，高天厚土育中国。

抗疫一线看党员

（2020 年 3 月 8 日）

神州抗疫情，天使战江城。

世上谁人美，先锋岗位红。

洗尘曲

（2020 年 3 月 22 日）

宁夏援鄂医疗队凯旋，银川河东机场水注冲天，喜降甘霖。

带去贺兰风，捎回楚地情。

逆行为百姓，洒泪立新功。

两月无白夜，一朝放骨松。

凯旋归塞上，喜雨洗尘清。

（载《夏风》2020 年第 2 期）

助学

（2020 年 3 月 26 日）

整理旧物，翻出了十几年前学生来信，思绪万千。

甘露浴苗新，花开悦世人。

学童何处觅，且在梦中寻。

哭永刚

（2020 年 4 月 4 日）

晴天闻霹雳，噩耗自咸阳。

昨日人犹在，今朝泪两行。

音容存眼底，笑貌脑中藏。

悲痛难言语，默哀祭永刚。

清明祭英烈

（2020 年 4 月 4 日）

垂首默哀警报鸣，神州十亿祭英灵。

逆行抗疫身驱献，千古流芳载史中。

紫云华庭首届摄影比赛

（2020 年 4 月 18 日）

华庭四月艳阳天，美照百幅入眼帘。

碧水临楼生倩影，红花伴宇靓家园。

里邻和睦人气旺，物业辛劳敬意添。

网上吾侪忙点赞，观图品画醉心间。

辛苦物业人

（2020 年 4 月）

庚子逢瘟疫，社区物业勤。
消毒防感染，管控走偏门。
铁面严登记，和颜测体温。
辛劳为业主，不愧贴心人。

（载《夏风》2020 年第 2 期）

《夏风》百期怀念中吟老

（2020 年 5 月 1 日）

大赛始结缘，夏风你我连。
方家勤指点，拙作进诗坛。
岁月心中刻，时光塞上延。
抚刊吟长念，掩面泪潸然。

（载《夏风》2020 年第 2 期）

春游

（2020 年 5 月 1 日）

深情花海望，极目享晴空。
企盼除妖孽，亲朋沐暖风。

贺《夏风》百期

（2020 年 5 月 1 日）

朔方沃土育骚坛，众友辛劳十六年。
壮丽河山填曲赋，奔腾画卷入诗联。
衣食行住皆着墨，柴米油盐俱感言。
欣逢盛世新时代，不辍笔耕赞江南。

（载《夏风》2020 年第 2 期）

实测地球之巅

（2020 年 5 月 28 日）

觇标矗立九霄低，勇士双肩与日齐。

协力同心攀朗玛，精量细测第三极。

刺槐

（2020 年 5 月 31 日）

肺腑沁幽香，心田溢艳芳。

初春添绿意，盛夏掩焦阳。

树种分南北，园林辨热凉。

晶莹皆美丽，友谊九州长。

梦家乡

（2020 年 6 月 2 日）

老屋已铲平，思绪怎安宁。

往事心间记，家乡在梦中。

祝贺北斗 55 星组网成功

（2020 年 6 月 23 日）

北斗耀神州，中华昂起头。

九霄星指引，四海显风流。

霸道终衰败，公平世界谋。

普天皆赞赏，任我太空游。

观蜀癸

（2020 年 6 月 28 日）

节节高过头，朵朵显温柔。
湖畔独开放，道边竞自由。
无名身亦贵，有色即风流。
五彩招蜂恋，缤纷诱客留。

天下黄河富宁夏

（2020 年 7 月 6 日）

大河天上降，塞北美名扬。
厚土滋甘露，平原遍米粮。
今朝逢盛世，来日幸福长。
金岸乘风起，朔方破浪航。

赠田虹

（2020 年 7 月 10 日）

军营铸赤魂，纪检献青春。
岗位常轮换，作风永认真。
谦虚不自满，敬业令人尊。
关爱老同志，吾侪记在心。

注：田虹系宁夏纪委监委机关负责为老同志服务的工作人员。

贺雪君发新歌

（2020 年 8 月 1 日）

乘风舰艇航，破浪战旗扬。
沪上七旬妪，湖城赞海洋。
人民牵子弟，百姓爱铜墙。
放眼新时代，精兵守海防。

庚子多难

（2020 年 8 月 3 日）

新春遇疫情，盛夏亦不停。
水漫南国镇，山摇北地城。
蝗虫扑面至，灾祸毁安宁。
庚子多遭难，来年盼太平。

后记

呈现在读者面前的诗稿，是一个诗词爱好者读诗、学诗、写诗的成长轨迹。

我的家乡在陕西咸阳，渭水荡漾，毕原升腾。作为秦都，这里文化底蕴深厚，汉唐诗句遍地。我上学时喜欢读诗，但仅限于课本上的诗篇。1962 年是杜甫诞辰 1250 周年。为了纪念诗圣，我的母校咸阳二中（现咸阳中学）举办了一场报告会，马兰荣先生（我曾经的语文老师、班主任）在会上背诵、讲解杜诗，增加了我学诗的兴趣。音乐舞蹈史诗《东方红》气势宏伟，其中对毛主席诗词的演唱部分感人至深，吸引了我，由此我开始经常诵读毛泽东诗词。

1970 年我从中国科学技术大学毕业，分配到宁夏最南端的泾源县。从六盘山下到贺兰山边，紧张繁忙的工作，把读诗的兴趣几乎挤没有了，偶尔读诗，也写过一些诗，但基本不上路。直到 2003 年，面对抗击非典的壮举，一股强烈的创作欲望撞击着我，如鲠在喉，不吐不快，遂开始写诗，诗作多为古风。2006 年，在宁夏诗词学会举办的《湖海诗情录》（彭锡瑞、胡清荷夫妇著）作品研讨会上，有幸认识了宁夏诗词学会会长秦中吟先生。在以后的日子里，先生对我鼓励、指点，促成宁夏纪委、监察厅与诗词学会共同举办了“塞上清风”全国廉政诗词大赛，也把我推进了格律诗门。

宁夏是我的第二故乡。四十多年来，因为工作原因，我走遍了自治区的山山水水、市县乡镇，接触到了各条战线的人和事，经历了大地的变迁及火热的建设、生产场景，纯朴的人物、风情，“塞上江南”神奇宁夏给了我无限的创作空间。秦中吟先生去世后，诗友们推举我担任宁夏诗词学会和毛泽东诗词研究会会长，在履职的同时，也促使自己不断学习钻研诗词知识，与诗友切磋交流，逐步提升了写作水平。

收录在这部诗集中的作品，是从我二十年来创作的千余首诗中挑选出来的，其中大部分在《诗词之友》《朔方》《夏风》《中国纪检监察报》《宁夏日报》《黄河文学》等报刊上发表过，部分被收入《中华诗词文库》《宁夏诗歌选》《宁夏新十景诗词集》《塞上清风》《丝绸之路诗词选》《应理之光》等选本。

原本自己并没有把诗稿结集出版的奢望，由于有不少诗友、老同事、老同学时常询问，什么时候能看到我的诗作，我才渐渐有了出书的念头。有勇气出版这部《塞上行吟》，还得感谢宁夏诗词学会的资助，感谢张嵩、王武军等同志的帮助，感谢本书责任编辑的辛苦付出，如果没有大家的支持和厚爱，《塞上行吟》是不可能问世的。

书曰："诗言志，歌咏言，声依咏，律和声。"诗词源于生活，诗词的灵感来自人和事，用诗词反映时代，描绘人生，歌唱美好，颂扬文明，鞭笞丑恶，不无病呻吟，是诗人的良心，也是我多年坚持的准则。虽然自己的写作水平不高，格律也欠严谨，但如果能为建设美丽新宁夏助力增采，为宁夏的诗词事业添砖加瓦，为读者带来美的享受，也就实现了我最大的心愿。

2022 年 6 月 30 日